2022 신춘문예 당선 동화동시집

2022
신춘문예
당선 동시동화집

정훈출판

꿈을 번식시킬 행복 바이러스를 고대하며

좋은 동화는 한 어린이의 세계를 지배할 수 있다. 그리고 어린이가 읽은 동화가 그 아이의 삶의 묘목이 되어 평생 살아갈 목표를 결정하는 씨앗이 될 것이다.

글은 작가가 어렵게 쓰고 독자가 쉽게 읽으면 그 글은 잘 쓴 글이라고 했던가. 그것은 동화를 쓰는 데 있어서 꼭 필요한 조건이라 말할 수 있다. 동화를 쓸 때는 어른이 아이들의 마음속에 들어가 심리적 재현을 해야하기 때문에 어렵고 힘든 작업이다. 그만큼 묘사와 구성과 캐릭터가 탄탄해야만 독자를 충분히 유혹할 수 있다.

지난해는 특히 코로나19 팬데믹으로 인하여 어린이들도 많이 달라진 세상을 경험했을 것이다. 어른들은 이 혼란스런 세상을 자신을 위한 걱정과 두려움보다는 앞으로 살아갈 미래의 주인공인 아이들을 생각하며 안타까이 바라보고 초조해한다.

그래서 멘토가 필요하고 놀이터를 잃어버린 그들에게 동심을 붙잡아 줄 매개체인 동화, 동시가 필요하고 하겠다. 내면을 마음껏 펼치고 공감하는 동화, 동시야말로 아이들의 스승이요 가장 친한 친구가 아닐까.

동화를 읽는 우리 어린이들이 살아가면서 만날, 급변하고 새로운 세계의 이질적 존재와 적절한 관계를 맺고, 희생과 배려, 나눔을 배웠으면 좋겠다. 그리고 꿈을 간직한 어린묘목들이 자라서 이 세상을 변화시켰으면 좋겠다. 그들이 꿈을 번식시키는 행복 바이러스가 되어 세상을 밝고 환하게 비춰주길 바란다.

신인 발굴의 기쁨을 안은 당선작가들에게 축하드리며 그들이 우리나라 아동문학의 수준을 한껏 높여주기를 기대한다.

해마다 신춘문예를 통해서 신춘 작가들을 배출한 신문사에도 감사의 마음을 전하고 싶다.

2022. 1
정은출판 기획부

차례

동화

동시

동
화

강원일보

이 지 요

본명 이지연
1980년 울산 출생
인제대학교 신문방송학과 졸업
2020년 〈마로니에 여성 백일장〉 아동문학부문 입선
2022 〈강원일보〉 신춘문예 동화부문 당선
wow1202@naver.com

광개토여왕

이 지 요

"엄마 돈 벌어 올게."

"가방에 그건 다 뭐야. 제발 적당히 좀 해 이유안!"

엄마가 태권도 가방 속에 삐져나온 고무 딱지들을 째려봤다. 태권도 가방에 차곡차곡 자리를 잡은 나의 고무 딱지들. 엄마에겐 잔소리의 대상이고 나에겐 성공의 상징이다. 나는 놀이터에 나갈 때마다 적게는 다섯 개, 많게는 스무 개도 넘는 딱지를 따온다. 고무 딱지가 하나에 천 원이니 매일 엄청나게 많은 돈을 벌어오는 셈이다. 그런데도 돌아오는 건 잔소리 폭탄이니 정말 이보다 더 억울할 수는 없다.

"광개토여왕 납쇼. 길을 열어라~."

며칠 전 우리 아파트에 이어 옆 아파트도 정복했다. 나는 딱지 세계의 광개토여왕이 되었다. 딱지가 든 가방을 둘러메고 놀이터로 달려갔다. 아이들이 모여 있는 곳에 태권도 가방을 툭 하고 내려놓았다. 평소 같으면 새로 딴 딱지를 구경한다고 몰려들 텐데 오늘은 시큰둥한 반응이었다. 오히려 아이들은 내가 아닌 최우주를 둘러싸고 감탄하고 있었다.

'무슨 일이지?' 나는 아이들 사이를 뚫고 들어갔다. 우주는 몬스터가 그려진 황금 상자를 들고 있었다. '앗! 설마 전설의 몬스터 황금 딱지?' 저건 문구점에도 팔지 않는 딱지였다. 우주가 상자를 열자 황금빛 딱지가 엄청난 크기를 자랑하며 모습을 드러냈다. '나를 가지면 세상 모든 딱지를 다 뒤집을 수 있어.' 황금 딱지가 반짝반짝 나를 유혹했다. 그 순간, 딱지를 따기 위한 수만 가지의 방법을 떠올렸다.

"최우주, 진빠 한판 하자."

"안 돼. 가빠만 할 거야. 아빠가 마지막이라고 했어. 이거 잃으면 다시는 안 사준대."

가빠라니… 말도 안 된다. 따서 돌려줄 바에야 안 하고 말지. 딱지가 물거품이 되어 사라질 위기에 처했다. 이미 상상 속에서 내 것이 된 딱지였다. 절대 그냥 보낼 수는 없다.

"매일 남자라고 노래를 부르더니 겁나냐? 여자한테 질까 봐?"

최우주는 누나 셋과 함께 자라서 여자 같다는 놀림을 많이 받았다. 그래서 성별 이야기만 나오면 흥분했다.

"아 진짜! 이유안 당장 덤벼."

예상대로 최우주가 아주 쉽게 걸려들었다. 상상 속에서 전설의 몬스터 황금 딱지가 내게 윙크하며 손짓했다. '조금만 기다려, 딱

지야.'

몬스터 황금 딱지는 이름대로 전설이었다. 어설픈 최우주의 기술로도 나의 딱지들이 힘없이 뒤집혔다. 수많은 공격에도 몬스터 황금 딱지는 등짝조차도 들썩이지 않았다. 과연 최강 전투력과 방어력을 가지고 있었다. 우주는 좋아서 입을 다물지 못했다. '좋아, 승부다.' 내가 가진 딱지 중 가장 강력한 딱지를 꺼냈다. 빨갛게 부어오른 엄지와 중지에 힘을 주었다. 그리고 가볍게 점프해 빠르게 포물선을 그리며 딱지를 내리쳤다. 일명 휘감아 내려치기. 바람과 중력을 이용하여 손가락 발가락 머리카락 끝에 있는 힘까지 모조리 끌어모은 한 수였다. 방어를 포기한 기술. 실수한다면 내가 가진 가장 강력한 딱지는 잃게 될 거다.

"따아아악!"

지금까지와는 차원이 다른 소리가 울려 퍼졌다. 두 딱지가 핑그르르 돌기 시작했다. 지켜보던 아이들의 침 삼키는 소리가 여기저기에서 들려왔다.

"예~~~쓰."

뒤집힐 듯 말 듯 휘청거리던 우주의 황금 딱지가 마침내 등짝을 보이며 엎드렸다. 행운의 여신은 나의 편이었다. 우주가 입을 크게 벌린 채 말을 못 하고 눈만 껌벅였다. 이후 기운을 잃은 우주의 황금 딱지 세 개가 나의 가방 속으로 줄줄이 들어왔다.

"내 딱지…. 돌려줘 이유안. 내가 처음부터 가빠한다고 했잖아.

엉엉."

"무슨 소리야 최우주. 틀림없이 진빠였어. 들은 애들이 몇 명인데?"

우주가 서럽게 울었다. 매일 남자 남자 노래를 부르면서 딱지 몇 장에 저렇게 울어대다니. 우주가 더 우기기 전에 자리를 떠야겠다. 서둘러 딱지를 담고 집으로 발을 돌렸다.

"야! 너 거기 서."

등 뒤에서 날카로운 목소리가 들렸다. 돌아보니 최우주의 둘째 누나 은별 언니였다. 학교에서 소문난 깡패 최은별. 우주의 손가락이 나를 가리키고 있었고, 은별 언니의 눈이 나를 노려보고 있었다.

"너 우주 딱지 가져와."

"언니, 이건 제가 딴 건데요."

언니가 매서운 눈초리로 주변 친구들을 둘러보았다. 언니와 눈이 마주치자 애들이 하나둘 우주 편을 들었다.

"누나, 우주가 가빠 한다고 했는데 유안이가 진빠 하자고 우겼어요."

"저도 봤어요. 진빠 안 하면 여자한테 겁먹는 거라고 막 놀렸어요."

"이유안. 이래도 안 내놔? 너 언니한테 진짜 한번 혼나볼래?"

최우주는 누나 뒤로 숨어버렸다. 여기에 내 편은 없었다. 없는 말은 아니지만, 진실도 아니었다. 억울해서 눈물이 날 것 같았다. 그렇다고 대적할 수는 없었다. 나는 있는 힘껏 최우주의 딱지들을 바닥에 내동댕이쳤다. 내 마지막 자존심이었다. 그래도 잡히면 안 되니까 냅다 튀었다.

방으로 들어가자마자 참았던 눈물이 쏟아졌다. 고개를 숙이자 엉망이 된 손이 보였다. 손가락 여기저기 까지고 쓸려서 피가 맺혀있었다. 두 시간 동안 얼마나 열심히 했는데 그렇게 허무하게 빼앗기다니. 눈물 젖은 손에 탱탱볼이 하나 잡혔다. 하필 우주 모양의 탱탱볼이라니. 위로 힘껏 집어 던졌다.

"우주에서 가장 비겁한 최우주!"

천장에서 튕긴 탱탱볼이 빠르게 내 이마로 떨어졌다. 이렇게 재수가 없을 수도 없다. 우주도 비겁했고, 은별 언니도 비겁했고, 남자애들도 비겁했고, 저 탱탱볼도 비겁했다. 마음속에 있던 화산이 폭발해서 눈물로 쏟아져 내렸다. 두고 봐, 비겁한 녀석들. 앞으로는 여왕이 아니고 광개토마왕이 되어주겠다.

다음날부터 딱지를 향한 나의 집착이 시작됐다. 태권도 가방이 가득 차 임시 가방을 하나 새로 마련했다.

"좋아. 다음 덤벼."

"야, 다 따갔으면 몇 개는 돌려줘."

"흥! 웃기시네. 그건 내 맘이지."

전에는 다 따면 몇 개는 돌려주었지만 이젠 어림없다. 비겁한 녀석들에게 자비는 없다. 일주일 사이 임시 가방도 빠르게 채워졌다. 오늘은 더 덤빌 아이들이 없는 것 같았다. 가방 두 개를 양쪽으로 둘러메자 아이들이 부러운 듯 바라봤다. 이대로라면 문구점보다 내 딱지가 더 많아질 기세였다. 종일 딱지를 치느라 통통 부은 손가락을 보니 우주의 딱지가 생각났다. 최우주는 그날 이후 놀이터에 코빼기도 비추지 않았다. 언젠가 최우주의 딱지를 모조리 손에 넣는 상상을 하며 집으로 천천히 걸어갔다.

"나랑 딱지 붙을 사람 없어?"

아이들은 눈치를 보며 나를 피했다. 학교에서 우연히 마주쳐도 학원가야 한다, 숙제해야 한다, 이런저런 이유를 댔다. 딱지를 치던 아이들이 사라질 때마다 신나던 마음도 조금씩 작아졌다. 오늘도 놀이터에는 꼬맹이들만 있고 딱지를 치는 애들은 없었다. 놀이터에서 혼자 딱지를 꺼내 쳤다. 맛도 없는 사탕을 꾸역꾸역 먹는 기분이었다.

'딱지를 좀 돌려줄 걸 그랬나.' 혼자 이런저런 생각을 하는데 저 멀리 최우주가 보였다. 주변을 두리번거리는 모습이 퍽 수상해 보였다. 나는 재빨리 미끄럼틀 뒤로 몸을 숨겼다. 우주는 잠시 놀이터 쪽을 살피더니 아파트 뒤쪽으로 사라졌다. 나는 서둘러 딱지를 챙겨 들고 우주가 사라진 방향으로 따라갔다. 아파트 모서리를 돌자 딱지 치는 소리가 들려왔다. 소리가 나는 쪽으로 가 보니 핑계를 대고 사라진 애들이 죄다 모여 있었다. 최우주도 그곳에 있었다.

"이 거짓말쟁이들아. 여기가 학원이야? 이게 숙제하는 거야? 나 왕따시키고 재밌냐?"

눈물이 쏟아질 거 같았다.

"왕따라니! 그런 거 아니거든."

"아니면 이건 뭐야? 나 따돌리고 여기서 뭐 하는 건데?"

"너는 따면 안 돌려주니까 그렇지. 이제 집에서 딱지도 안 사주는데."

"그럼 네가 이기면 되잖아."

내 말에 불만들이 터져 나왔다.

"지고 싶어서 지는 사람도 있냐."

"맞아, 진빠 안 하면 약하다 놀리고, 따면 하나도 안 주고."

조용하던 아이들까지 한꺼번에 덤벼들 듯 말하니까 당황스러웠다.

"내가 딴 거 내 맘대로 하는 게 뭐가 나빠. 너희들끼리 실컷 해."

코웃음을 치며 돌아섰다. 예전에는 풍선처럼 가볍던 딱지 가방이 오늘은 왜 이렇게 무거운 걸까. 따악. 뒤에서 딱지 치는 소리가 들릴 때마다 자꾸만 걸음이 멈췄다. 가방 속에 꾸역꾸역 들어 있는 딱지들을 내려다봤다. '그냥 조금 돌려줄까?' 화가 나긴 했지만 놀이터에서 혼자 놀 생각을 하니 자꾸 마음이 흔들렸다. 가방에서 딱지 하나를 꺼냈다. '앗! 이건 공격력이 센 딱지잖아.' 다른 딱지를 꺼냈다. '이건 방어가 좋은 딱진데….' 딱지를 쥐고 놓고를 반복

하다가 돌아섰다. '안 돼! 어떻게 모은 딱지들인데.'

그날 이후 애들은 다시 놀이터에서 딱지를 쳤다. 며칠 동안 못 본 체하며 지나쳤지만, 마음은 종일 놀이터에 가 있었다. 우울한 기분으로 현관문을 열자 딱지 가방이 멀뚱히 놓여있었다. 놀이터 에서는 성공의 상징이었는데 저곳에 있으니 그냥 짐짝이었다. '딱 지 가게를 차릴 것도 아닌데….' 한참 고민하다가 딱지 가방을 메 고 놀이터로 향했다.

놀이터에 도착하자 아이들이 웅성거리고 있었다. 아이들 사이에 덩치 좋은 남자아이가 서 있었다.

"무슨 일이야?"

"저기 저 형이 우리 딱지 다 따갔어."

말을 하던 아이가 울음을 터트렸다. 아이들 말로는 옆 아파트에 새로 이사 온 형이라고 했다.

"저랑 진빠 한판 하죠?"

내 말에 덩치가 코웃음을 쳤다.

"딱지 다 잃었다고 울지마라."

나도 같이 코웃음을 날렸지만, 딱지를 고르는 손에 땀이 고였다. 그때 뒤에서 최우주가 딱지 하나를 내밀었다. 전설의 몬스터 황금 딱지였다.

"다 잃고 하나 남았어. 이유안 파이팅."

최우주가 작게 속삭였다. 나는 최우주가 내민 딱지를 손에 들고 덩치 앞으로 갔다. 아이들이 숨죽이며 우리를 지켜봤다.

"따악~."

딱지 소리가 놀이터에 크게 울려 퍼졌다. 덩치는 모서리를 공략하는 칼 치기나 바람의 힘을 이용한 바람 치기 등 온갖 기술을 보여주며 황금 딱지를 공격했다. 황금 딱지가 움찔움찔하며 멈출 때마다 휴~ 하고 안심하는 아이들 소리가 들렸다. 땀을 한번 닦고 딱지를 쥔 손에 힘을 줬다. 최우주와 아이들을 한번 쭉 둘러본 후 덩치의 딱지에 눈을 고정했다. 온몸의 힘을 손으로 끌어모은 뒤 바람을 가르고 덩치의 딱지에 힘껏 내려쳤다. 착지하다 무릎이 바닥에 쿵 하고 부딪쳤다.

"우와~!"

아이들이 환호하는 소리가 들렸다. 드디어 덩치의 딱지가 등을 보이며 뒤집혔다. 덩치는 딴 딱지들로 계속해서 도전했다. 놀이터에 딱지 소리가 오랫동안 울려 퍼졌다.

"오빠, 앞으로 우리 아파트에서는 딱지를 따면 반은 돌려줘야 해요."

결과는 나의 완승이었다. 나는 덩치가 보는 앞에서 딱지를 잃은 주인들에게 반을 돌려줬다.

"무슨 말도 안 되는 소리야. 네가 뭔데 이래라 저래라야."

딱지를 모두 잃은 덩치가 씩씩거리며 말했다.

"유안이가 우리 아파트 광개토여왕이예요. 당연히 들어야죠."

최우주가 한쪽 눈을 찡긋했다. 아이들이 너도나도 엄지손가락을 들어 올리며 그 말에 맞장구를 쳤다. 그 모습에 웃음이 터졌다. 그야말로 진정한 광개토여왕이 된 기분이었다.

이 지 요

놀이터에서 아들과 놀고 있는데 한 아이가 다가왔습니다. 초등학교 1, 2학년쯤 되어 보이는 남자아이였습니다. "저도 같이 놀아도 돼요?" 그날부터 종종 우리는 놀이터에서 함께 시간을 보냈습니다. 그러던 어느 날 아이가 저에게 갑작스러운 고백을 건넸습니다. "아줌마가 엄마였으면 좋겠어요." 주변에서 전해 들어 아이의 환경을 조금 알았기에, 그 고백에 가슴이 먹먹해졌습니다. "그럼 오늘부터 아줌마가 너의 비밀엄마 해도 돼?" 담담하게 진심을 전하던 아이의 까만 눈에 빛이 가득 채워졌습니다. 아이에게 해주고 싶은 이야기들을 동화로 전하면 좋겠다고 생각했고, 그게 동화를 쓰게 된 시작이었습니다. 아이들의 이야기에 귀 기울이고, 응원하고, 따뜻하게 보듬어줄 수 있는 비밀엄마 같은 동화를 오랫동안 쓰고 싶습니다.

"내가 어느 길로 가야 하는지 알려줘."
"그건 네가 어디로 가고 싶은지에 달렸어."
"어디든 상관없어."
"그렇다면 어느 길로 가도 상관없어."

동화를 쓰고 싶지만, 너무 막막했던 제게 어떤 글을 쓰고 싶은지 깊이 생각하게 해주신 김헌일 선생님, 나만의 지도를 만들 수 있게 나침반이 되어주신 한아 선생님, 좋은 향을 담으며 걸을 수 있게 격려해주신 이명균 교수님, 그리고 그 길 위를 마다하지 않고 동행해준 작가공방 문우님들과 이 기쁨을 함께 나누고 싶습니다. 그리고 어느 길로 가든 거침없이 응원해줄 사랑하는 남편과 아들, 어떤 길로 가든 끊임없이 걱정하실 부모님, 끝 모를 이 길을 멈추지 않고 열심히 걸어주고 또 앞으로도 걸어갈 저에게 고마움을 전합니다. 아직은 거칠고 울퉁불퉁한 제 길 위에 작은 등불을 달아주신 강원일보 심사위원님들께 좋은 글로 보답하겠습니다. 감사합니다.

승자 독식 · 젠더 갈등 뒤집은
딱지게임 한판

다문화 가정, 부모의 이혼, 학원 문제 등에 이어 올해는 지난해와 마찬가지로 환상동화가 주류를 이루고 있다.

사이버 세상과 친숙해졌거나 현실이라는 벽이 높은 데서 오는 현상이 아닐까 싶다. 마지막까지 남은 '합격 딱풀', '우주빵집 카이롤리', '유령출판사에 오세요' 역시 그런 환상을 주요 기반으로 하고 있다. 그런 점에서 당선작인 '광개토여왕'은 생활동화임에도 오히려 신선하고 새로웠다. 이 작품 역시 판타지적 요소가 부분부분 나타나지만, 이야기의 극적 효과를 높이는 데 기여하면서 오히려 삶이라는 현실을 동화적으로 승화시키고 있다.

딱지 따먹기 내기의 강자인 주인공은 이긴 자가 딱지를 다 갖는 '진빠' 게임을 고집하고 이 때문에 갈등한다. 하지만 새로 나타난 강자와 겨루기를 하면서 독식의 부조리를 알고 그와 이겨 딴 것의 반을 나누어주는 '가빠'라는 게임법칙을 세운다.

딱지 게임이 주된 스토리지만 그 안엔 승자독식, 또는 부익부의 비정함이 드러나기도 하고, 곁가지이긴 해도 우리 사회의 이슈인 젠더 등을 암시하는 짧지만 생각할 거리가 풍부한 글이다. 구성이 짜임새 있고, 게임을 소재로 하는 글답게 비정하거나 속도감 있는 표현도 눈여겨볼 부분이다. 당선을 축하드린다.

심사위원 원유순 · 권영상(아동문학가)

경남신문

김 경 애

서울에서 태어나
서울에서 살고 있어요.
동화가 좋아서
동화를 쓰는 사람이 되고 싶었어요.
앞으로는 더 열심히 동화를 쓰며 살아가렵니다.
2022 〈경남신문〉 신춘문예 동화부문 당선
titicaca95@hanmail.net

버스정류장

김 경 애

시골에 오니 딱히 할 일이 없다. 학교를 안 다니고 학원을 안 다니니 시간이 참 많다. 오전 내내 게임만 했다. 이것이 내가 바라는 일상이었어도 혼자 있는 시간은 지루했다.

오전의 햇볕은 따뜻했다. 외투를 입고 집을 나섰다. 여기는 두 시간 만에 한 번씩 버스가 다닌다. 열두 시면 우리 집 앞 버스정류장에 버스가 도착한다. 오늘 그 시간 버스는 아빠가 운전하는 버스다. 그냥 아빠가 운전하는 버스를 타고 싶었다. 잠바를 입고 집을 나서는데 할머니가 나를 보며 말했다.

"서울 가니? 나도 같이 가자."

집에서 누군가가 나가려고 하면 할머니는 늘 서울 가냐고 물었다.

"할머니랑 같이 바람 쐬고 와."

고모가 한숨을 쉬며 말했다. 그사이에 할머니는 진짜 서울 가는 것처럼 짐을 싸고 있었다.

"다 되어 가니까 조금만 기다려."

할머니는 이 방 저 방 다니면서 옷을 찾아서 캐리어에 넣었다. 심지어는 냉장고에서 반찬통을 꺼내서 넣기도 했다.

"엄마, 짐이 너무 많으면 무거워요. 오늘 간단히 싸고 다음에 또 싸요."

할머니는 가지도 못하는 서울이다. 그래도 서울에 간다고 마음이 부풀어 짐을 싸는 할머니를 보니 마음이 편하지 않았다.

나는 할머니와 함께 집 앞 버스정류장에서 버스를 탔다. 아빠가 운전하는 버스였다. 아빠는 할머니와 나를 보더니 마치 손님에게 하듯이 '안녕하세요!'하고 큰소리로 인사했다.

나는 할머니와 나란히 앉았다. 그저 창밖만 바라봤다. 시골이라 가게도 없고 큰 건물도 없다. 창밖을 보면 그저 논밭과 비슷하게 생긴 집들뿐이라 어디가 어디인지 구분이 헷갈렸다. 가다가 버스 정류장이 있으면, 서고 버스정류장이 아니어도 사람들이 손을 흔들면 섰다. 시골 버스는 그랬다. 이것이 서울 버스와 다른 점이다. 어느새 버스가 종점에 도착했다.

"할머니하고 다음 차 타고 어여 들어가라. 어머니, 추운데 밖에 오래 있지 마세요."

아빠가 회사에 들어가며 말했다. 나는 할머니와 읍내를 구경하기로 했다. 쓸데없이 무거운 캐리어가 신경 쓰였다.

마침 장날이라 사람들이 좀 있었다. 그래도 서울 우리 동네 시장만큼 많지 않았다. 장터에도 할아버지 할머니들이 대부분이었다.

옷가게도 할아버지 할머니 옷만 팔았다. 옷가게 앞에는 잔잔한 꽃무늬가 있고 색깔이 화려한 버선이 한가득 있었다. 버선은 한복 입을 때나 신는 것으로 알고 있는데 저런 촌스러운 버선은 과연 누가 신을지 궁금했다. 나는 그런 버선을 신은 할머니들을 본 적이 없다. 시골 사는 우리 할머니도 그런 버선을 신은 것을 못 봤다. 솜이 들어간 버선은 신으면 발은 따뜻해도 답답할 것 같았다. 자꾸 보다 보니 버선인지 장화인지 구분이 안 됐다. 또 버선인지 모자인지 헷갈렸다. 나는 버선을 머리에 썼다. 내 머리는 크고 버선 입구는 작고. 입구가 벌어진 버선은 내 머리를 덮지 못 하고 정수리에 가만히 얹혀 있었다. 내 모습을 본 할머니가 웃었다. 이쁘지도 않은 버선을 샀다.

"할머니, 그걸 왜 사요?"

"서울 가서 신을 거야."

"서울 할머니들은 그런 거 안 신어요."

내 말에 할머니와 옷가게 아줌마가 서울 할머니들도 신고 다닌다고 하면서 한참 웃었다.

장터 구석구석을 돌아다녀도 내가 살만한 것은 없었다. 시골 장터에는 떡볶이 가게도 없었다. 떡볶이는 매워서 할아버지 할머니들이 안 드셔서 그런가 보다 했다. 대신 붕어빵과 어묵 파는 가게는 있었다. 나는 할머니와 붕어빵을 사 먹었다. 붕어빵 굽는 할아버지가 나한테 "너는 학원 안 다니니? 숙제는 다 했니?"하고 물어보셨다. 시골 할아버지 할머니들은 모두 나한테 하는 질문이 똑같았다. 서울이나 시골이나 학교보다 학원이 더 중요한 건 마찬가지였다. 학원 피해서 여기까지 온 나한테는 그런 질문이 너무 답답했다.

"서울 언제 가니? 너도 학원에 가고, 숙제도 해야지."

장터를 벗어나자 할머니가 말했다. 할머니의 눈빛이 기도하는 사람처럼 간절했다. 할머니의 눈에는 눈물이 가득했다. 나는 할머니의 눈물을 처음 봤다. 차마 못 간다고 말하지 못했다. 또, 그랬다가는 할머니가 어찌 될지 몰랐다. 할머니는 유독 '싫어요, 안 돼요, 하지 마세요'라는 말을 무척 싫어했다. 할머니가 뭔가 하자고 했는데 그게 안 될 때 할머니는 우리 가족이 감당할 수 없는 사람으로 변했다. 그동안 할머니는 버스를 타고 아무데서나 내려도 그곳이 서울이라고 했는데 지금은 아니었다. 진짜 서울에 가야만 할 것 같았다.

나는 할머니와 함께 서울 우리 집에 가기로 마음먹었다. 다시 버스를 타고 시외버스터미널에 갔다. 가면서 고모에게 문자를 보냈다.

'고모 저 시외버스터미널에 왔어요. 할머니랑 진짜 서울 가려고요. 걱정 마세요.'

서울행 버스는 아직 한 시간 넘게 남았다. 딱히 할 일도 없고 해서 할머니와 그 주변을 걸었다.

길 따라 걷다 보니 병원이 나왔다. 종합병원이라 해도 우리 동네 정형외과 병원보다는 작았다. 시골은 뭐든지 다 조그마했다. 병원 옆에는 요양병원이 있었다. 병원보다 요양병원이 더 컸다. 또 그

옆에는 장례식장이 있었다. 괜히 마음이 무거워졌다. 이곳을 빨리 벗어나고 싶었다. 요양병원 앞에도 버스정류장이 있었다. 일단 아무거나 오는 버스를 타려고 했다.

"어디 가니?"

"서울에요."

"여기서 좀 쉬었다 가자."

할머니는 요양병원 버스정류장 나무 의자에 앉아서 병원을 바라봤다. 나도 가만히 할머니 옆에 앉았다.

하얀 건물에 드문드문 박힌 유리 창문.

서울에 가도 그런 건물은 많다. 시내든 동네든 하얀 건물이 아니어도 어느 건물이든 네모난 건물은 다 비슷하고 유리 창문이 많다. 학교도 그렇다. 아파트도 그렇고. 요양병원 옆 병원 건물도 그렇다. 다만, 그 안에 있는 사람들이 다를 뿐이다. 일하는 사람이 있고, 공부하는 사람이 있고, 아픈 사람이 있고, 더 아픈 사람이 있고…… 괜히 마음이 무거워졌다. 나는 하얀 요양병원을 한참 바라보았다.

요양병원 앞 광장에 한 무리의 비둘기 떼들이 자동차 경적소리에 놀라 화들짝 무리 지어 날아올랐다. 나는 그 소리에 정신이 들었다.

"저기에 가야 내 친구들이 많을 게야. 그래야 애들이 고생을 안 하지."

할머니가 덤덤하게 말했다.

"네?"

"겨울이라 해도 금방 지니 어여 집에 가자."

"서울 가는 버스 아직 있어요. 할머니 저랑 같이 진짜로 서울 가요. 일단 서울 우리 집에 가요."

"서울은 무슨. 다 지난 일이구나."

지금 할머니는 온전했다. 나는 할머니가 언제까지나 이 모습 그대로였으면 했다. 시간을 확인하려고 핸드폰을 보니 고모에게 문자가 와 있었다.

'혼자는 위험해. 거기에 있어. 고모가 갈게.'

시골에 있는 동안 나는 방학 숙제를 하나도 하지 않았다. 여러 가지 숙제 중 미술 숙제를 선택했다. 여행한 곳 그리기. 나는 여기에 여행을 온 것이 아니다. 솔직히 말하면 학원 다니기 싫어서 도망쳐 온 곳이다. 여기는 할머니 집이다. 아빠가 구조조정으로 퇴직을 하고 할머니 집에 잠시 내려온 것이다. 아빠는 여기서 운 좋게 버스 회사에 취직을 했다. 그래서 당분간은 고모랑 같이 할머니도 돌볼 겸 여기에 있겠다고 했다. 엄마도 회사에 다니고 누나와 나는 학교를 다녀야 해서 우리는 서울에 있게 되었다. 나는 엄마한테 올겨울 방학은 혼자 공부하고, 6학년이 되면 그때부터는 학원에 열심히 다니겠다고 사정사정했다. 엄마는 우리 집이 아무리 어려워도 나랑 누나 학원 보내 돈은 있다며 안된다고 했는데, 나는 방학 숙제든 문제집이든 혼자 다 해서 오겠다고 말해서 겨우

허락을 받아냈다.

나는 시골집에서 읍내까지 가는 길을 그리기로 했다. 스무 개 정도 되는 버스정류장이 다들 비슷비슷해서 기억해 내기가 쉽지 않았다. 도로 따라 양 옆으로 논을 그리다가 버스정류장 간판 하나 그리고, 도로 따라 양 옆으로 밭을 그리다가 버스정류장 하나 그리다 보니 도화지가 모자랐다. 그래서 스케치북을 두 장 뜯어서 옆으로 이었다. 그런 다음에 버스 회사 옆 장터를 그리고 요양병원도 그리면서 도화지를 채워나갔다. 중간중간에 사람도 그려 넣었다. 사람을 그리니 지도가 살아나는 것 같았다. 대부분 친구들은 도화지 한 장에 그림을 그려 올 것이다. 그런데 나는 도화지를 이어 붙이면서 숙제를 하고 있다. 내가 제일 긴 그림을 그렸을 것을 생각하니 흐뭇했다. 나는 숙제가 다 완성되면 접지 않고 돌돌 말아서 가져가기로 했다.

밤이 되어 자려고 하는데 아빠가 술 냄새를 풍기며 집에 오셨다. 한 손에는 소주 서너 병이 담긴 터질 듯한 비닐봉지를 들고 있었다. 큰 비닐봉지도 막상 쓰려면 없는 것일까. 좀 더 큰 봉지라면 소주병이 삐죽 나오지 않았을 텐데. 다 들어가지 못하고 손잡이 사이로 터질 듯이 머리를 드러낸 소주병이 위태로워 보였다. 슬픈 일은 항상 표시를 낸다.

아빠와 고모는 안주도 없이 식탁에 앉아 소주를 마셨다.

"누나, 우리 어머니 어떡해요. 나 도저히 어머니를 요양원에 못

모시겠어요. 내일 운전, 나 못하겠어요."

내일이면 할머니를……

아빠는 소주를 병째로 마셨다. 고모는 아빠의 등을 두드렸다. 고모의 토닥이에 아빠는 꺼이꺼이 소리 내어 울었다. 어른들이 내게 토닥이를 해주면 위로가 되고 힘이 났는데, 지금 내가 본 토닥이는 그렇지 않았다. 슬픈 토닥이었다.

"이제는 나도 누나도 더 이상 도리가 없어요. 내가 언제까지 여기 있을지도 모르겠고, 누나도 이제 휴직 못 하잖아요."

아빠는 계속 소주를 마셨다. 나는 무얼 어찌해야 할지 몰라서 라면을 끓여서 아빠에게 드렸다.

"병원에 가면 그래도 집에 가는 날도 있잖아요. 그렇지만 요양원은 아니에요. 한 번 들어가면 못 나와요. 오늘이 마지막이에요."

눈을 감고 자는데도 눈앞이 희뿌연 느낌이 들었다. 아침에 일어날 때쯤이면 거의 대부분 눈앞이 환한 느낌이었는데 오늘은 달랐다. 눈을 떠보니 눈이 내리고 있었다. 눈 오는 날은 온 세상이 하얗지만 흐렸다. 어제의 슬픈 예감 때문에 더 흐린 것 같았다. 나는 고모가 차려 준 아침을 먹었다. 어젯밤 이후로 아무도 말이 없었다. 나도 무슨 말을 해야 할지 몰랐다.

버스정류장에는 아빠 차가 있었다. 나는 할머니를 따라가고 싶지 않았다. 아니 자신이 없었다. 오늘 인사도 어찌해야 할지 고민이었다. 그래도 '안녕히 가세요'라는 인사는 정말 하고 싶지 않았다. 오늘 같은 날은 어떤 인사가 최선일까. 아무리 생각해도 좋은 인사말이 떠오르지 않았다. 어느새 고모가 운전석에 앉았다. 뒷자리에 아빠와 할머니가 앉았다. 운전석 옆자리는 비어 있었다. 짧은 순간이 참으로 길게 느껴졌다. 인사도 없이 할머니를 보내드리기에는 죄송한 마음이 들었다. 나는 다시 용기를 내었다. 냉큼 달려가 문을 열었다.

"저도 갈래요."

나는 누군가 타지마라고 할 것 같아서 얼른 안전벨트를 맸다.

"그래, 너도 같이 서울 가자. 서울 가서 학원도 다니고 숙제도 해야지."

나는 할머니의 말씀에 눈물이 왈칵 쏟아졌다. 차라리 모두 다 같이 서울 가는 차라면 정말 좋을 것 같았다.

곧 출발할 것 같았는데 그렇지 않았다. 아무도 차 안에서 말을 하지 않았다. 아빠한테는 술냄새가 났다. 밤새 울었는지 눈도 빨갰다.

"이제 갈까?"

고모가 울음을 참으며 말했다. 여전히 아무 말이 없었다. 시동 거는 소리가 났다. 차가 스르르 움직였다.

"잠시만요."

나는 어제 그린 그림을 할머니께 드리고 싶었다. 급하게 집으로 뛰어가서 그림을 가지고 나왔다.

"숙제 다 했어요. 할머니."

차에 타서 뒷자리에 계신 할머니께 그림을 드렸다. 할머니는 내가 그린 그림을 한참 들여다보셨다.

"여기 세 번째 정류장 나무 대문 집이 빠졌구나."

"어! 그러네요. 다시 그릴게요."

"괜찮아."

할머니는 그림만 계속 들여다보셨다. 그림에 난 길은 방학 동안 할머니와 내가 지나왔던 길이었다. 나는 진심으로 할머니와 그 길을 다시 걷기를 바랐다. 아마 할머니도 마음도 그럴 것 같았다.

수상소감

해마다 찬바람이 불면 가슴앓이가 시작되었다. 올해도 마찬가지였다. 나는 바람을 피해 다녔다. 어느 날 찬바람이 내 속 살 깊은 곳까지 사정없이 파고들어 올 때쯤, 너무 가슴이 시려서 광명에 있는 기형도 문학관에 갔다. 버스정류장은 거기서 썼다. 버스정류장을 다 쓰고 난 후, 시인 기형도의 당선 소감을 찾아보았다. 좀처럼 열리지 않을 것 같던 문의 열쇠를 쥐었다는 그분의 소감에 그만 눈물을 흘렸다. 저도 가지고 싶어요……

그 눈물이 모여 열쇠가 되었던가.

생각보다 이른 당선 소식을 듣고 정말 꿈만 같았다. 사실, 그날 생전 겪어 보지 못했던 일로 기분이 좋지 않았다. 땅거미 지는 오후, 집으로 가는 길이 참으로 멀게 느껴지던 날이었다. 그러한 가운데 듣게 된 당선 소감에 나는 또다시 눈물을 흘렸다. 나는 열쇠로 꼭 닫힌 내 마음의 문을 열었다.

버스정류장은 시골 마을 버스정류장에서 버스를 기다리는 치매 할머니를 보고 쓴 동화다. 어디론가 떠나고 싶은 할머니였을까. 나는 이제야 할머니를 보내드렸다.

부족한 내 글을 읽고 더 좋은 글을 쓸 수 있도록 도와준 한겨레 68기 동기들과 여러 선생님들께 진심으로 감사드린다. 버스정류장이 처음 세상에 나온 합평 수업 날, 별말씀이 없었던 원종찬 교수님. 나는 내가 못 써서 말씀이 없는 줄 알았다. 그래도 원종찬 교수님께 감사드린다. 그리고 당선작으로 뽑아주신 소중애, 김문주 심사위원님들께도 진심으로 감사드린다.

나도 이제는 열쇠가 있다. 이 열쇠로 더 많은 문을 열어보도록 노력하겠다.

주인공 착한 마음이 작품
이끌어가는 힘

본심에 오른 작품은 뺑뺑사탕, 도와줘요 전단지맨, 버스정류장 세 편이다.

'뺑뺑사탕'은 늘 남동생에게 치이던 주인공이 마법의 사탕을 먹고 소원을 이루는 이야기이다. 마법의 사탕 덕분에 주인공이 남동생 편만 드는 할머니에게 거침없이 불만을 털어놓고 화해하는 장면에 재미와 감동이 있다. 그러나 마법 사탕의 등장과 퇴장에 대한 개연성이 부족하고 이런 설정 자체가 기존의 작품들과 유사한 면이 있었다.

'도와줘요 전단지맨'은 전단지를 돌리는 할아버지와 개구쟁이들의 이야기이다. 밝고 긍정적인 할아버지는 동화에 등장할 만한 전형적 인물이고, 전단지 덕분에 강아지를 찾게 되는 에피소드도 자연스러웠다. 그러나 이 자연스러움이 지나치게 단편적이고 익숙하여, 동화만의 매력과 감동으로까지는 나아가지 못했다.

'버스정류장'에는 치매 걸린 할머니와 구조조정으로 퇴직한 아버지가 나오는데, 지금 우리 사회의 아픔을 총체적으로 보여주는 듯했다. 집 밖에만 나서면 서울에 가자고 하는 할머니를 모시고 동네 나들이를 가는 주인공의 착한 마음이 이 작품을 이끌어가는 힘이다. 할머니가 요양원에 들어가는 날, 주인공이 그린 버스정류장 그림을 보고 세 번째 정류장이 빠졌다고 말하는 할머니의 모습은 독자의 마음을 아릿하게 만든다. 내용을 좀 더 긴밀하게 구성했으면 하는 아쉬움이 있었으나, 고심 끝에 '버스정류장'을 당선작으로 뽑았다.

가족의 아픔과 사랑을 다룬 작품이 많았는데, 이는 최근의 사회 분위기와 무관하지 않을 것이다. 갈등을 세밀하게 표현한 작품들이 돋보였으나 한편으로는 동화에서만 가능한 천진난만한 발상은 부족한 듯했다. 작품의 구성과 문장의 표현 등에 있어서는 수준 미달의 작품이 거의 없어 예비작가들의 역량을 짐작할 수 있었다.

아쉽게 탈락한 분들에게 위로와 격려를, 당선자에게는 축하의 말을 전한다. 등단은 시작일 뿐, 끝까지 쓰는 사람이 진정한 작가이다.

심사위원 소중애 · 김문주(아동문학가)

경상일보

문 일 지

본명 최문성

1958년 서울 출생

문학관련 : 2018 〈조선일보〉 신춘문예 동시부문 당선

(작품 : 마중물)

2022 〈경상일보〉 신춘문예 동화부문 당선

eelljjee@hanmail.net

분홍 물고기

문 일 지

가을인데, 뻐꾸기가 울고 있습니다.

편지함이에요. 편지함에 우편물을 넣으면, 뚜껑에 앉아 졸고 있
던 양철뻐꾸기가 울음을 터뜨린답니다.

"뻐꾹 뻐꾹…… 편지 와써요."

외숙모님이 보낸 것입니다. 지난여름에 부탁을 했거든요. 이제
도착한 거예요. 커다란 봉투 속에 작은 봉투가 들어 있고, 그 안에
콩알처럼 까만 보물들이 들어 있습니다. 꽃씨들이에요. 와우!

지난여름을, 시골에 있는 외삼촌 집에서 보냈습니다. 초등학교
에서 보내는 마지막 여름방학이었어요. 왠지 그런 생각이 듭니다.
앞으로도 오랫동안 이번 여름을 잊지 못할 것 같은 …

그래요, '분홍 물고기'와의 특별한 만남이 있었기 때문이랍니다.

어느 일요일 아침이었습니다.

대개 시골의 하루는 동쪽 미루나무 위에서 시작됩니다. 높은 나

뭇가지 위에서 해님이 잠꾸러기들을 깨우거든요. 담장에 매달려 있는 넝쿨장미들을 하나하나 일으켜 세우지요.

"일어나. 일어나라니까."

특별히 할 것도 없고 해서 숙모님을 따라 성당에 갔습니다. 참새 들이 한 번 날았다 앉는 거리를 '참새 한 걸음'이라고 할 때, '참새 열 걸음' 정도 되는 거리예요. 숙모님이 성당에 다닌 지는 그리 오 래되지 않았습니다. 실은 사연이 좀 있는데요. 외삼촌 내외에게는 나와 동갑인 딸이 하나 있었답니다. 몹쓸 병에 걸려 세상을 떠났 어요. 2년 전 일이지요. 그 후로 성당에 다니시게 되었다는데, 아 마도 딸을 잃은 슬픔을 달래시는 듯했습니다.

숙모님이 미사를 드리는 동안, 본당 뒤뜰에 있는 작은 연못은 내 차지입니다. 연못은 장날의 시장 바닥 같아요. 동그란 잎들을 좌 판처럼 벌여 놓고 오가는 손님들을 부르지요. 봉오리들은 소다를 넣고 한껏 부풀린 공갈빵입니다. 거기에 색소와 향기를 뿌려 놓았 으니 부처님이라도 그냥은 지나치지 못할 겁니다. 보세요! 방금 나비 한 마리가 앉았다가 가는군요. 물가에 버드나무도 제 가지를 늘어뜨려 낚시질을 합니다. 하지만 고기들은 눈도 깜빡하지 않는 답니다.

"헹! 택도 읎다 캐라."

그런데 물고기들 중에 눈에 쏙 들어오는 녀석이 있었습니다. 온 몸이 엷은 분홍빛이었어요. 물고기들이란 대개는 그렇잖아요. 하 나같이 거무칙칙하고 그저 그런 모양인데요. 하지만 녀석은 전혀 다른 모습이었습니다. 몸통만 한 꼬리지느러미가 세 개나 달려 있었습니다. 공중을 떠도는 새들도 헷갈릴 만큼 예뻤어요.

"뭐꼬? 저거 꽃이가?"

"아이다. 마 움직이는 꽃이 오데 있노?"

연못 한 귀퉁이, 너럭바위에 앉아 한참을 쳐다보았습니다. 따가운 햇볕 때문인지, 아니면 긴 여름에 지친 것인지, 녀석은 내 그림자의 그늘 밑을 빙빙 돌았습니다. 할딱할딱 숨소리가 들리는 듯했어요. 왠지 힘이 들어 보이는 것 같기도 하고요. 가끔 물 위로 머리를 쳐들고는 입을 쫑긋거렸어요. 마치 그렇게 말하는 듯싶었습니다.

"안녕! 나는 분홍 물고기야."

시골의 일주일은 '바람꽃'이 피었다가 지는 것만큼이나 짧습니다.

눈 깜짝할 사이에 일요일이 돌아오고, 그날도 숙모님을 따라 성당에 갔습니다. 이번에는 들깨를 한 줌 준비했어요. 분홍 물고기에게 맛있는 간식을 주려고요. 그런데 이게 어찌된 일인가요? 분홍 물고기가 안 보입니다. 물풀 속을 다 뒤져 보아도 없습니다. 궁금하기도 하고, 또 한편으로는 걱정도 되어, 관리인 아저씨에게 물어보았습니다.

"저기요? 연못에 물고기 있잖아요?"

"물꼬기? 물꼬기가 와?"

"분홍색 물고기요. 지난번에 보았거든요."

"아하, 그게 마이다. 고마 주그삐릿다. 메칠 댔능 긴데."

"예? 죽어요? 왜요?"

"거야 우째 알겠노. 근데 늬는 첨 보는 아 같은데. 오데 사노?"

갑자기 이야기가 엉뚱한 곳으로 빠져 버렸답니다. 어디 사느냐고 물으니 그렇게 대답할 수밖에요.

"저 아래요. 담장에 넝쿨장미 있는 집이 외삼촌 집이에요."

"뭐라꼬? 거가 너그 외삼촌?"

갑자기 아저씨의 눈이 올빼미처럼 똥그레졌습니다.

"예. 방학이라서 놀러 왔는데요."

"그랬꾸마. 허~"

방아깨비처럼 아저씨가 머리를 끄덕입니다. 2년 전에, 어떤 여자아이가 분홍빛 물고기 한 마리를 연못에 놓아주었답니다. 그리고 얼마 지나서 그 아이는 병으로 죽었답니다. 그런데 그 아이가 바로 넝쿨장미집 딸이라는 거예요.

"예? 넝쿨장미집이요?"

이제는 내 눈이 토끼처럼 똥그레졌습니다.

"그라니끼네, 둘이 서로 사촌간이다 그 말 아이가. 그자?"

"예."

"흐음~"

아저씨로부터 귀한 선물을 받았습니다. 분홍 물고기를 건져 냈을 때, 마치 진주를 얇게 썰어 낸 조각처럼 아름다운 비늘이 있었대요. 왠지 마음이 끌려 그 비늘만 따로 떼어 어항에 넣었대요. 바로 그 비늘을 받은 것입니다. 얼핏 보면 분홍빛인데 그 안에 은은한 무지개가 숨어 있었어요. 분홍 물고기를 다시 볼 수 없어 아쉬웠지만, 그나마 멋진 비늘을 얻어 다행이라 생각했습니다. 글쎄요, 외사촌이 남겨 준 선물이라고 생각해도 되겠지요. 아주 어렸을 때, 딱 한 번밖에는 본 적이 없지만요.

비늘을 받쳐 들고 조심스레 집으로 돌아왔습니다. 아직 물기가 남아 있었지만, 혹시라도 상처가 날까 그 상태로 수첩에 끼웠습니다. 마침 두꺼운 수첩이 있어 중간 페이지에 살그머니 비늘을 얹었습니다. 손바닥만 한 종이에 손톱만 한 비늘이 왠지 허전해 보입니다. 딴은 연못을 떠나 수첩으로 시집온 각시인데요. 각시방을 꾸며 주듯 봉숭아꽃을 따다 함께 넣어 주었습니다. 하얀 종이 위에, 분홍 비늘과 빨간 꽃잎이 참 잘 어울리는군요.

앞마당에 봉숭아꽃이 빨갛게 물들어 갑니다.

이제 여름도 고비를 넘어 천지에 매미 울음이 가득합니다. 땅속에서 모두 기어 나와 '대한맴국만세'를 외쳐 댑니다. 맴맴맴맴매~~

시골의 여름밤은 개구리와 맹꽁이들의 공연장입니다.

개굴개굴 맹꽁맹꽁………

천 년을 이어 온 2중주가 밤새도록 들려옵니다. 아직 이 무대에 익숙하지 않은 사람들은 가끔 깨어서 들어 줘야 한답니다. 그런데 그날 밤은 조금 달랐습니다. 꿈을 꾸었어요. 꿈속에서 한 소녀를 보았습니다. 어디선가 본 적이 있는 것 같기도 하고 아닌 것 같기도 하고…

"답답해. 여기서 꺼내 줘."

"?"

"미안해. 불쑥 나타나서. 하지만 그렇게 놀라지는 마."

"누구?"

"나야. 분홍 물고기. 연못에서 봤잖아."

" ...... "

"부탁 하나 할게. 나를 도로 연못에 넣어 줘. 수첩 속은 너무 답답해."

맞아요! 그 소녀는 바로 분홍 물고기랍니다. 동그란 입 때문만은 아닙니다. 드레스 때문이에요. 분홍빛, 치렁치렁한 드레스를 바닥까지 내려뜨리고 있었거든요. 마치 기다란 꼬리지느러미처럼.

'혹시' 하는 마음으로 수첩을 열었습니다. 순간, 하마터면 소리라도 지를 뻔했답니다. 비늘은 간데없고 하얀 종이가 분홍빛으로 물들어 있었어요. 마치 분홍 색종이 같았습니다. 수첩의 무게에 눌려 얇은 비늘이 녹아 버린 걸까요? 함께 넣었던 봉숭아꽃도 곱게 물들어 있었습니다. 동글동글, 빨간 물방울처럼 아름답게…

다음 날 아침, 수첩에서 분홍 종이를 떼어 냈습니다. 그리고 연못으로 달려갔습니다. 무슨 의식이라도 치르듯 물 위에 종이를 띄우려다 멈칫했습니다. 휴지인 줄 알고 누군가 건져 낼 수도 있지 않을까 하는 생각이 들었어요. 그렇다고 꾸깃꾸깃 구겨서 가라앉힐 수도 없는 일인데요. 이리저리 망설이던 중에, '빤짝' 하며 정말 기발한 생각이 떠올랐습니다.

"그렇지. 종이배를 만들어 띄우는 거야."

쪼로롱, 꼬마 배가 물 가운데로 나아갑니다. 동화나라 '엄지공주'도 탐을 낼 만큼 깜찍한 배예요. 물고기들이 눈을 동그랗게 뜨고 쳐다봅니다. 나도 한참을 쳐다보았습니다. 그리고 이렇게 중얼거렸어요.

"잘 가! 분홍 배야. 아니, 분홍 물고기야."

그리고, 어느 날인가 비가 내렸습니다.

오후가 되면서 비는 그치고, 하늘에 무지개가 걸렸습니다. 무지개는 ― 어느 동화책에서 본 기억으로는, 죽은 자의 영혼을 천국으로 이끌어주는 다리인데요. 이런저런 생각들을 굴리며 연못으로 갔습니다.

종이배는 보이지 않았습니다. '비까지 내린걸 뭐' 하며 돌아서려는데…

아!

기적이 일어났습니다. 연못에 분홍 물고기가 돌아다니는 겁니다. 그때 그 물고기가 아니고 처음 보는 물고기예요. 손가락만 한 꼬맹이랍니다. 하지만 모양이나 빛깔이 똑 닮았습니다. 헤엄치는 모습까지 닮았습니다. 딱 하나, 다른 것이 있다면 빨간 반점이에요. 양쪽 가슴지느러미에 동그랗게 무늬 진 반점. 마치 봉숭아물이 빨갛게 들은 것 같았습니다. 세상에 어떻게 이런 일이…

집으로 돌아왔을 때, 마침 집에는 아무도 없었습니다. 비가 온 뒤라 숙모님도 텃밭에 나가신 모양입니다. 왠지 구석에 있는 작은 방에 자꾸만 눈길이 갔습니다. 외사촌이 쓰던 방인 듯싶었어요. 살며시 문을 열고 들어갔습니다. 작은 책상이 있고, 그 위에 비스듬히 세워 놓은 사진틀 속에서 한 소녀가 웃고 있습니다. 분홍 원피스를 발목까지 내려뜨리고 있었어요. 양손에는 봉숭아물이 빨갛게 들어 있었고요.

마당에는 봉숭아꽃이 한창입니다.

꽃그늘을 발등에 올려놓은 채 그 앞에 우두커니 섰습니다. 그렇게 한참을 서 있는데, 언제 오셨는지 숙모님이 가까이 다가왔어요.

"꽃 보나? 봉숭아꽃 이쁘제?"

"예."

"영희가 억수로 좋아 안 했나. 그래 해마다 심능 기다."

"아, 그러면 매년 심는 건가요?"

"하모. 가을에 씨 받아가 봄에 뿌린다 아이가."

" …… "

그런데 참 이상하지요. 갑자기 왜 그런 말이 나왔는지 지금도 알 수 없지만, 아무튼 그때 나는 이렇게 말했습니다.

"가을에 꽃씨 받으면, 조금 보내 주실 수 있나요?"

수상소감

문 일 지

선(選)을 수신 심사위원 선생님께 감사를 드립니다.

아마도, 어려운 결정이었을 것으로 능히 짐작할 수 있습니다.

장(場)을 마련해 준 '경상일보' 관계자분들께도 고맙다는 말을 전합니다.

아마도, 전생부터 쌓인 인연이었을 것으로 생각합니다.

본시 과문한 터라 더 이어 갈 말이 없습니다. 다만 여백을 많이 남기는 것은 예의가 아닐 듯싶어, 허접한 문자로나마 감회를 전합니다.

각설.

밤을 낮 삼아 달려왔느니

허리 휘었다

말발굽 닳고

변방에서 새벽을 맞느니

깨진 박에 물 담아

목을 축인다

뜻은 높고 공도 크나

얻은 것 적고

잃은 것은 많네

마공(馬公)이여, 그대에게 묻노니
가야 하느뇨
돌아가야 하느뇨

심사평

"시적 함축미와 이미지 표현 돋보여"

완성도가 높다고 본 작품은 다음 3편이었다.

'나를 보여줄게' 얼굴에 난 큰 점 때문에 열등감을 가진 아이가 새로 전학 간 학교에서 마스크를 벗지 않으려고 애쓰다가 선생님과 옛 친구의 진심 어린 충고에 자신감을 찾게 되는 이 이야기는 코로나 시대에 걸맞은 발상이 기발하고 줄거리 진행도 자연스러웠다.

'희재가 웃었어' 사고로 화상을 입은 아이와 그를 돕는 친구 사이의 심리적 갈등을 그린 이 작품은 과도한 친절이 장애인에게는 오히려 부담이 된다는 사실을 되새겨 보게 한다. 더구나 그 친절이 선생님에게 칭찬받기 위한 의도적 친절일 때 상대방은 분노를 느끼게 된다. 이러한 두 아이의 미세한 심리 차이를 대화로 풀어내는 솜씨가 돋보이는 작품이다.

'분홍 물고기' 여름방학 시골 외숙모 집에 간 소녀가 성당 연못에서 분홍색 물고가를 보고 일찍 죽은 사촌 자매와 영적 교감을 나누

는 이 이야기는 문장이 감각적이고 스토리에 얽힌 사연이 모두 이미
지로 표현되어 있어 마치 한 편의 서정시나 수채화를 보는 느낌이다.
현실적인 메시지 대신, 시적인 함축미와 이미지 구축에 무게 중심을
둔 이 작품은 생활동화가 대세인 한국 동화에서 쉽게 찾아보기 어려
운 신선한 작품이다.

  사실적으로 그린 앞의 두 작품도 크게 흠잡을 데 없지만 새로운 수
법을 선보인 '분홍 물고기'의 문학성이 보다 우위에 있다고 보아 이
작품을 당선작으로 올린다.

심사위원 조대현(동화작가)

광남일보

박 청 림

2000년 출생
단국대학교 문예창작과 재학 중
2022 〈광남일보〉 신춘문예 동화부문 당선
dlwkdi0108@naver.com

먹는 책

박 청 림

주의!

이 책에 나오는 음식을 잘 떠올리며 이름을 부르면 바깥으로
빼내서 먹을 수 있음!

하지만 한번 책 속의 음식을 빼먹으면 그 음식은
책 속에서 사라지니,

다른 음식으로 채워 넣으시오!

새리는 뽀얗게 찐 거북알을 한입 크게 베어 물었습니다.

"오늘도 정말 맛있었어!"

새리의 간식시간은 오늘도 성공적으로 끝이 났습니다. 새리는
다리 사이에 끼고 있던 '먹는 책'을 꺼내 들었습니다. '먹는 책'은
지난 설날, 출판사에서 일하는 고모가 새리에게 세뱃돈 대신이라
며 선물해준 책이었어요. 고모는 책을 새리의 품에 안겨주며 이렇

게 말했지요.

"이건 아주, 아주 맛있는 선물이야. 고모네 출판사에서 이번에 신간으로 내는 책인데, 먼저 읽어보고 후기 좀 남겨주렴!"

처음 책을 받아들었을 때 새리는 돈 대신 재미없는 책을 받았다는 사실에 기분이 좋지 않았어요. 책을 줬으면서 뭐가 맛있는 선물이라는 건지 알 수 없었죠. 게다가 새리는 마트에 있는 시식코너에서 돈가스를 먹고 후기를 남기는 것에는 자신이 있지만, 먹지도 못하는 책의 맛에 대해 이야기하는 건 자신이 없었어요. 하지만 책의 비밀에 대해 알고 난 후, '먹는 책'은 그 어떤 게임기나 만화책보다도 재미있고 신기한 물건이 되었지요. 새리가 방금 먹어치운 거북알은 책의 128페이지, '로빈슨 크루소'에 있던 것이었습니다.

'먹는 책'은 새리가 가장 즐겁게 읽는 책이 되었습니다. 책을 펼치고, 거기에 있는 음식이름을 큰 소리로 읊으면 책 속에 있는 음식이 새리의 앞에 나타나거든요. 새리는 예쁜 과자상자처럼 생긴 '먹는 책'의 표지를 넘겼습니다. 그러자 붉은색으로 커다랗게 쓰여진 경고문이 눈에 들어왔습니다. 매번 책을 펼칠 때마다 보게 되는 경고문이라 이제는 익숙한 내용이었습니다. '책에 나오는 음식을 잘 떠올리며 음식의 이름을 부르면 책 속 음식을 꺼내올 수 있지만, 대신 그 음식은 책 속에서 사라진다'는 게 경고문에 적힌 내용이었지요. 새리가 처음 이 문구를 봤을 때에는 참 웃기는 말도 다 있다고 생각했어요. 하지만 경고문에 적힌 말은 사실이었습니다.

"거북알이 어디 나왔더라? 128페이지, 128페이지…. 앗, 여기 있다."

새리는 자신이 꺼내온 거북알이 있던 페이지를 찾아 뒤적거렸습니다. 역시나, 이번에도 새리가 꺼내먹은 음식이 사라져있었습니다. 새리가 책 속에서 음식을 꺼내오면 책 속 음식이 있던 자리는 빈칸이 되었습니다.

"로빈슨 크루소는 뜨거운 모래로 덮어둔 〈 〉를 찾기 위해 나뭇가지로 모래를 뒤적거렸다."

새리는 로빈슨 크루소의 한 부분을 소리 내어 읽었습니다. 원래대로라면 저 〈 〉안에 '거북알'이라는 말이 있었을 겁니다. 하지만 '거북알'은 이제 새리의 뱃속에 있지요. 새리는 먹을 것이 사라진 문장에 흥미를 잃고 다른 페이지를 뒤적거리기 시작했습니다. 솔직히 말하면, 새리는 지금껏 한 번도 '먹는 책'을 제대로 읽어본 적이 없었어요. 맛있는 음식만 빼 가면 그 후에 남은 글자들은 내용물을 빼먹고 남은 사탕껍질이나 다름없었거든요. 새리는 입맛을 다셔가며 책을 넘기고 또 넘겼습니다.

모래알 속 거북알처럼 이야기 속 음식은 찾기 힘든 듯했지만 금방 눈에 띄었습니다.

"이건 처음 보는 이야기네. '용감한 경단맨'이라니, 제목부터 맛있을 것 같아!"

새리는 맛있는 느낌이 나는 제목을 보며 기대에 찬 채로 미소를 지었습니다. '먹는 책'에서 새리가 읽어왔던 이야기들은 '헨젤과 그레텔', '백설공주'나 '호두까기 인형' 등 유명한 명작들뿐이었어요. 하지만 88페이지부터 시작하는 '용감한 경단맨'은 지금껏 새리가 '먹는 책'에서 봐왔던 명작들과 달리, 생전 처음 보는 동화였습니다. 새리는 대충 책의 페이지를 휘리릭 넘겨보았지요. 아직 읽어보지 않아 정확힌 모르겠지만 〈용감한 경단맨〉은 작은 마을의 경단가게에서 벌어지는 이야기 같았어요. 새리는 〈용감한 경단맨〉의 첫줄을 소리 내어 읽었습니다.

"〈용감한 경단맨〉은 꼬마를 지그시 노려보며 〈초코맛 시럽이 든 물총〉을 움켜쥐었다."

첫줄부터 초코와 경단이 나온다니. 새리는 이번 이야기가 무척 좋아질 것 같다는 예감이 들었어요. 새리가 눈을 한 번 깜박, 감았다 뜨자 문장에서 '용감한 경단맨'과 '초코맛 시럽이 든 물총'이 있던 부분이 하얀 빈칸으로 변해있었습니다. 대신 코끝에서 달콤한 경단냄새가 나기 시작했지요.

새리는 책 밖으로 나왔을 경단을 찾기 위해 주변을 두리번거렸습니다. 그때였습니다. 끈적끈적한 무언가가 새리의 목덜미에 찍, 뿌려졌습니다.

"으악! 이게 뭐야!"

손으로 목덜미를 훑자 손가락에 갈색의 끈적끈적하고 단내가 나는 것이 조금 묻어나왔습니다. 손가락을 쪽, 빨자 아주 친근하고 기분이 좋아지는 맛이 입 안 가득 퍼졌습니다. 초콜릿 시럽이었어요.

고개를 돌려 방안을 살피던 새리는 침대 모서리 뒤에서 손톱보다도 작은 물총을 쥐고 있는 무언가를 발견했어요. 언뜻 보기에 경단 꼬치 같았는데, 신기하게도 팔과 눈, 코, 입이 달려있었어요. 다리는 보이지 않았지요. 아마 몸에 꽂혀있는 꼬치로 콩콩콩 뛰어다니는 게 아닌가, 새리는 추측했습니다.

"이 괴물아! 내 시럽을 받아라!"

경단 꼬치는 잔뜩 화가 난 목소리로 다시 물총을 쏘았어요. 이번엔 인중 위로 초콜릿 시럽이 찍, 뿌려졌습니다. 새리는 눈 부릅 뜬 채 혀로 낼름, 시럽을 닦아냈지요. 처음 보는 사이에 총을 쏜 것보다도 자신을 먹보라고 부른 것이 더 화가 났어요. 새리는 화가 나서 씩씩거렸어요. 새리가 화가 난 것이 마음에 들었는지 말하는 경단 꼬치는 코 밑에 뿌려져있는 시루수염을 만지작거리며 웃어 댔어요. 새리는 더욱 화가 났어요.

"넌 누군데 갑자기 튀어나온 거야? 왜 날 보자마자 총을 쏘고 괴물이라고 부르는 거야?"

"으하하! 나는 용감한 경단맨이다! 왼쪽마을에 사는 과자마녀한테서 누가 자꾸만 귀한 미끼를 훔쳐 먹는다는 얘길 듣고 계속 너를 잡으려고 기다리고 있었지!"

새리는 경단맨이 책 속의 '용감한 경단맨'에서 나온 녀석이란 걸 알아챘어요. 하지만 경단맨이 말하는 이야기들은 통 이해할 수가 없었지요. 왼쪽마을? 과자마녀? 이게 다 무슨 소리일까요? 새리는 곰곰이 생각하다 '용감한 경단맨'의 왼쪽, 그러니까 바로 전에 있는 동화가 '헨젤과 그레텔'이었던 걸 기억해냈어요. 그저께 그 동화에서 마녀의 과자집을 통째로 꺼내어 반 친구들을 잔뜩 불러서 먹어치웠던 것도요.

"그럼 너는 그 마녀랑 친구인거야?"

"그 녀석은 매번 내 친구 경단들을 납치해서 자기 화분을 장식하는 데에 쓰는 아주 나쁜 녀석이지만 난 도움이 필요한 사람들은 누구든 도와주는 경단이니까! 과자마녀가 집도 잃고 먹어치우려고 했던 남매도 놓쳐버렸다며 얼마나 울었는지 알아?"

새리는 경단맨이 말하는 음식이 헨젤과 그레텔 남매인지 과자집인지 헷갈렸어요. 하지만 수다스런 경단맨이 말을 멈추지 않는 바람에 물어볼 틈을 놓쳐버렸죠.

"집을 잃는다는 게 얼마나 끔찍한 일인 줄 알아? 저번에 내가 사는 경단가게의 진열대를 어떤 꼬마가 발로 차서 깬 적이 있는데, 그것 때문에 나와 내 친구들은 모두 한동안 천장도 없는 냄비 속에서 잠을 자야했지. 과자마녀도 이제 집이 없어져서 나무 위에서 잠을 잔다더라! 얼른 네가 가져간 집을 마녀에게 돌려줘."

경단맨의 말에 조금 미안해진 새리는 머리를 긁적이며 '헨젤과 그레텔' 이야기가 시작되는 페이지를 찾았습니다. 경단맨의 말대로 '헨젤과 그레텔'은 더 이상 새리가 아는 이야기가 아니었어요. 새리가 예전에 읽었던 문장인 '길을 헤매던 헨젤과 그레텔은 〈 〉을 발견했다.' 이후, 헨젤과 그레텔은 아무것도 없는 빈자리를 그냥 지나치곤 계속 숲을 떠돌며 열매를 주워 먹으며 시간을 보내다가 무사히 아빠를 다시 만나 집으로 되돌아갔거든요. 아마 마녀는 울상이 된 채 집이 사라진 공간만 빙글빙글 돌고 있었겠죠.

새리는 과자집이 사라진 문장의 빈칸을 뚫어져라 쳐다보다 짝! 손뼉을 쳤어요. 언제나 책 속의 음식을 빼먹는 데에만 집중한 탓에 잊고 있었던, 경고문의 마지막 줄을 기억해냈거든요. 새리는 슬쩍 경단맨을 쳐다봤어요. 경단맨은 아까부터 계속 새리를 신경 쓰지도 않은 채 자신이 다른 경단친구들과 함께 경단가게에서 멋진 일들을 얼마나 많이 했는지 늘어놓고 있었어요. 새리는 혼자 떠들고 있는 경단맨을 가만히 둔 채 슬쩍 책의 제일 첫 번째 페이지를 다시 펼쳐보았습니다.

'다른 음식으로 채워 넣으시오!'

새리는 언제나 보아왔지만 딱히 관심이 없었던 이 문구의 뜻을 알아내기 위해 머리를 짜내기 시작했습니다. 나쁜 마녀가 가엾었던 것은 아니었지만 그렇다고 집을 빼앗아간 것에 미안함을 느끼지 못하는 건 아니었거든요.

'설마 빈칸 안에 새로운 음식을 써넣으라는 말인가?'

문득 그런 생각이 든 새리는 서둘러 책상을 살펴보았습니다. 하지만 연필이 바로 눈에 띄지 않았어요. 급한 마음에 새리는 경단가게 주인으로부터 어떻게 모든 친구들을 숨겨왔는지 설명하던 경단맨을 낚아챘습니다. 경단맨이 쥐고 있는 물총도 빼앗았어요. 그리고는 경단맨의 나무로 된 꼬치에 초콜릿 시럽을 찍, 찍 쏘아

묻혔어요.

'못된 마녀에게 좋은 집을 돌려주기는 싫으니까… 에잇! 비린 맛 좀 봐라!'

새리는 과사집이 들어가 있었던 빈칸에 〈미역과 따개비가 덕지덕지 붙은 채 숨 쉬고 있는 집〉이라고 써넣었습니다. 경단맨의 꼬치는 굉장히 뾰족해서 뭉툭한 새리의 연필보다 글씨가 잘 써졌어요. 처음엔 꽥꽥 소리를 지르며 몸부림을 치던 경단맨도 새리가 글씨를 쓰기 시작하고부턴 얌전히 있었지요. 초코향이 나는 문장 밑으로 바닷물이 뚝뚝 떨어지는 해산물 집을 발견하곤 도망치는 헨젤과 그레텔의 이야기가 펼쳐졌습니다.

"자, 이제 됐지? 마녀에겐 이제 다시 집이 생겼어."

새리의 말에 경단맨은 활짝 웃으며 고개를 끄덕였어요. 그리고는 밝은 목소리로 외쳤지요.

"그럼 이제 나를 내가 원래 살던 곳으로 되돌려 놔줘!"

새리는 경단맨을 입을 벌리고 경단맨을 쳐다봤어요. 경단맨은 자신이 어떻게 여기로 오게 되었는지도, 원래 있던 곳으로 돌아갈 수 없다는 사실도 알지 못하는 것 같았어요.

"미안해 경단맨. 난 너를 다시 책 속으로 돌려놓을 수 없어. 내가 한번 불러서 꺼낸 음식은 다시는 책 속으로 넣을 수 없거든."

"뭐라고? 그럼 이제 나는 영원히 내 친구들을 만날 수 없는 거야?"

경단맨은 믿을 수 없다는 듯이 찹쌀로 된 머리를 빙글빙글 돌렸습니다. 경단맨의 눈에서 콩고물이 섞인 눈물이 뚝뚝 떨어졌습니다. 나쁜 아이로 오해받았다는 사실에 화를 낼 틈도 없이, 새리는 경단맨에게 미안해졌어요. 경단맨을 어떻게 해야 할지 걱정하던 와중, 새리는 갑자기 좋은 생각이 떠올랐습니다.

경단맨은 더 이상 수다를 떨지도 않고 가만히 책상 위에 누워있었습니다. 풀이 죽어 조용해진 경단맨은 꼭 그냥 평범한 경단처럼 보였습니다. 새리는 조심스럽게 경단맨을 손가락으로 쿡쿡 찔렀습니다.

"널 다시 경단가게로 보내줄 순 없지만, 내가 경단가게의 친구들을 모조리 이곳으로 부를 순 있어. 가게의 진열대 말고 내 책상에 붙어있는 서랍에서 지내는 거야. 내 서랍은 천장도 있고 세 칸이나 돼!"

"네가 보는 책에 내 친구들이 전부 등장할까?"

"당연하지! 네가 했던 모든 일들은 친구들과 함께 했던 것들이라면서? 그렇다면 분명 네가 사라진 지금 책 속의 경단가게는 발칵 뒤집어져서 모두들 너를 찾고 있을 거야. 넌 이 책의 주인공이니까!"

새리는 〈용감한 경단맨〉이 있던 페이지를 펼쳤습니다. 〈용감한 경단맨〉의 제목은 빈 자리가 되어 있었습니다. 새리는 첫 문장부터 완전히 바뀐 이야기를 처음부터 소리 내어 읽어가기 시작했습니다. 혹시 경단맨의 친구를 하나라도 빠뜨린다면 큰일이니까요. 제목이 사라진 이야기는 계속해서 바뀌고, 또 바뀌더니 마지막에는 텅 빈 진열대를 보곤 펄쩍펄쩍 뛰는 경단가게의 주인만이 남았습니다. 새리는 책을 덮고 주변을 살펴보았습니다. 방안에는 색색의 경단꼬치들이 여기저기에서 콩콩 뛰어다니고 있었지요.

활짝 미소를 지은 경단맨이 새리에게 다가왔습니다. 새리는 경단맨의 꼬치를 잡았습니다. 아직 할 일이 남아있었거든요. 빈칸을 채워주지 못한 동화가 아직도 책에 많이 있었습니다.

'빈칸들을 다 메우면 고모에게 이 책 덕분에 맛있는 걸 나눠먹을 좋은 친구들이 잔뜩 생겼다고 말해줘야지. 그리고 우리가 다 함께 먹을 수 있도록 〈 〉를 잔뜩 사달라고 할 거야!'

새리는 '먹는 책'의 첫 번째 동화의 제목을 큰 소리로 외쳤습니다.

수상소감

박 청 림

당선 소식을 듣고 한동안 현실감이 없었는데, 소감을 쓰는 지금에서야 실감이 납니다. 이 소식이 기쁘고 감읍하면서도, 부족한 이야기를 내보이는 것이 부끄럽기도 하고, 걱정이 되기도 합니다. 앞으로는 아이들이 더, 더 재미있게 읽을 수 있는 동화를 쓰고 싶습니다.

아이가 책에 빠져드는 경로는 여러 가지이지만, 대체로 자신이 좋아하는 것을 매개로 끌리곤 합니다. 저는 문 앞에 붙은 음식점 전단지를 시작으로 읽는 것을 즐기기 시작했습니다. 활자에서 풍기는 맛있는 냄새가 참 좋았습니다. 제가 쓰는 이야기에서 그런 냄새가 나기를 바랍니다. 숲속에 숨겨진 과자집 같은 냄새가요. '먹는 책'은 그런 마음에서 쓰게 된 동화였습니다. 달콤한 냄새에 홀려 걸어간 곳에 좋은 결과만이 기다리는 것은 아닙니다. 하지만 적어도 그곳에서 최선을 다하는 삶을 살고 싶습니다. 내가 걸어온 글길을 독자들에게 갚아나갈 수 있기를, 이곳에 선 책임을 다 할 수 있기를 바랍니다.

이 길을 걸으며 감사할 사람들이 너무나도 많습니다. 문학이라는 과자집에 홀려 달려가는 저를 계속 지켜보고 쓰러지지 않게 도와주신 나의 부모님 김계화씨, 박재호씨, 세상에서 제일 사랑하고 감사합니다. 이제 고3이 될 내 동생 미강아, 네가 끓인 된장이랑 라면은 최고다. 너의 앞길을 응원한다. 우리 남매 건강하게 잘 길러주신 김판수 할머니, 언제나 멀리서 응원해주신 이명자 할머니, 앞으로도 오래

오래 건강히, 계속 지켜봐주세요. 매번 부족한 글을 읽고 조언해주셨던 교수님들과 합평해준 학우들께도 감사합니다. 더 열심히 쓰겠습니다. 함께 마감을 달렸던 물회방의 경지, 단비, 송현, 지원, 예윤, 하은, 전화로 몇 시간이고 글에 대해 얘기하곤 했던 선화 언니에게도 함께 있어주어 고맙다는 말을 전하고 싶습니다. 마지막으로 내게 웃음과 행복을 주는 애쉴리와 올리비아, 너희와 이야기하며 세상을 보는 눈을 환기시키곤 해. 덕분에 쾌활함의 멋짐을 알게 되었다.

앞으로도 고마운 사람들과 오래오래, 행복하게 글을 쓰며 살고 싶습니다. 제 글을 읽은 아이들 또한 오래오래 읽고, 신나고, 즐겁기를!

엉뚱한 재미…
소재 요리하는 솜씨 돋보였다

참신한 소재의 판타지 동화나 우리 사회가 처한 현실 반영의 감동적인 사실동화를 기대하며 응모작 200편을 읽어 나갔다. 가난과 가족, 다문화, 치매, 환경, 애완동물, 한 부모 가정, 친구 문제, 코로나19의 피해, 이성 문제 등 사실동화가 대부분이었고 판타지 동화는 십여 편에 불과했다. 꼼꼼한 비교과정을 거쳐 최종심에 올려놓은 동화는 4편이었다. 신춘문예는 신인을 뽑는 과정이므로 문화부 도움을 받아 등단 여부를 확인했다. 그 과정에서 1편이 탈락되고, '먹는 책', '크리스털 행성', '12살 엄마' 3편의 동화가 남게 되었다.

최경선의 '12살 엄마'는 제목이 주는 상징에서 느끼듯 새 학기 첫날인데도 새벽부터 출근하는 엄마를 대신해 두 명의 동생을 챙겨서 학교에 보내고, 보살피는 12살 '나'의 이야기다. "엄마 흉내 그만 좀 해. 네가 언니지 엄마냐?"라며 대드는 동생의 말에 힘이 빠지기도 하지만 끝까지 엄마 노릇을 잘도 해내는 캐릭터의 당찬 하루하루가 설득력이 있었다. 다만 사실동화에서 얻을 수 있는 진한 감동이 아쉬움으로 남는다.

　김은주의 '크리스털 행성'은 다가올 2053년 10월을 그려놓은 내용이다. 소재의 참신성과 구성까지도 탄탄한 동화였다. 그리고 눈여겨볼 부분은 결혼보다는 아기만을 갖길 바라는 엄마, 아빠의 조건 란에 여러 질문이 있는데, 필요한 부분을 선택해서 전송하면 전문병원에서 아빠를 선택해준다는 아주 파격적인 설정 등이 관심의 대상이 되었다. 그런데 아빠의 선택과정이 긴 설명으로 서술되었다. 경쾌하게 보여주기 방법을 선택했다면 더 좋았을 것이다.

　박청림의 '먹는 책'은 출판사에서 일하는 고모가 "이건 아주, 아주 맛있는 선물이야.…"라며 건네준 책을 받고 시작되는 이야기다. '책에 나오는 음식을 잘 떠올리며 이름을 부르면 바깥으로 빼내서 먹을 수 있다는, 그 음식은 책 속에서 사라진다는, 다른 음식으로 채워 넣어야 한다'는 주의 사항 등이 엉뚱한 재미를 안겨주었다. 전개 과정이 다소 거칠었지만, 어린이들이 책을 읽고, 즐기고, 끝내는 책 속 음식까지도 꺼내 먹을 수 있다는 즐거운 상상 등 소재를 조물조물 요리하는 솜씨가 돋보였다.

신춘문예는 신인들의 등용문인데 완전한 작품이 어디 있을까? 다소 거칠지만 나름대로 독자들에게 건네는 감동과 신선함, 재미성이 있어야 한다. 물론 문학성까지도 요구된다. 이러한 원칙을 놓고 3편의 동화를 긴 시간 저울질한 끝에 가능성을 내다보며 '먹는 책'을 당선작으로 선정하였다. 당선을 축하하며 응모자 모두에게 격려를 보낸다.

심사위원 이성자(아동문학가)

광주일보

황 경 란

1972년 인천
2006년 토지문학제 평사리 문학 대상(소설)
2012 〈농민신문〉 신춘문예 단편소설 당선
소설집 『사람들』 2020년 아르코 문학나눔 도서 선정
2022 〈광주일보〉 신춘문예 동화부문 당선
seasky72@naver.com

동물 환상국

황 경 란

문이 열렸다.

기다리고 있던 비둘기들이 한꺼번에 날아들었다.

꼬리 잘린 길고양이 발견

다리가 부러진 채 떠도는 강아지 발견

철새 떼 방음벽에 부딪혀 수십 마리 기절. 죽은 새도 있음

통신국 문이 닫힐 때까지 비둘기 통신은 쉬지 않고 올라왔다. 통신은 딱 한 줄이어야 했다. 그래야 비둘기들이 이곳까지 날 수 있었다. 두 줄도 아닌 딱 한 줄의 통신에서 나는 동물들의 피와 눈물을 보았다.

개미 선생님은 그럴수록 인간을 배워야 한다고 했다. 병들고, 다치고, 길거리에 버려져도 인간을 미워하면 안 된다고 했다.

이곳은 동물 환상국이다. 이곳은 끝이 없다. 크고, 넓고, 둥글고, 희고, 투명한 이곳은 인간의 눈에는 보이지 않는다.

이곳에 살고 있는 나는 동물로 태어난다. 내가 어떤 동물로 태어날지는 아직 모른다. 네발 동물이 될지, 두 발 동물이 될지, 아니면 날개가 있을지, 없을지, 아직 모른다. 중요한 것은 동물로 태어난다는 것이다.

"왜 동물이에요?"

내가 물었다.

개미 선생님은 쉽게 대답하지 못했다. 으음, 하고 망설이고, 으음, 하고 생각했다.

"으음…. 모든 동물의 질문이기도 하지."

코끝에 걸린 개미 선생님의 안경이 한쪽으로 기울어졌다.

"이유를 아는 동물은 없다."

아무도 모른다. 선생님도 모른다. 누구도 알지 못하는 이유로 나는 동물이 된다.

"확실한 건!"

개미 선생님의 목소리에 힘이 실렸다.

"동물은 인간의 가족이자 친구이다."

동물이 인간을 배우는 이유였다.

*

1교시 수업이 시작됐다.

1교시는 '인간 사전' 수업이다. '인간 사전'은 어려웠지만 읽을수록 재미있었다.

개미 선생님은 '인간 사전'에 실린 '가족'과 '친구'의 뜻을 알려 주었다.

같이 밥을 먹고 + 같은 곳에서 잠을 자고 + 같이 울고 웃는다 = 가족

'같이'도 배웠다. 같이는 혼자가 아닌 여럿이 함께하는 것이다. 밥과 잠과 눈물과 웃음도 배웠다. 밥은 꼭 먹어야 했다. 맛있게 꼭꼭 씹어서 꼭. 잠은 생각이 멈추는 시간이었다. 눈물과 웃음은 마음을 대신하는 몸의 말이었다.

마음을 기대고 + 등을 기대는 사이 = 친구

친구의 뜻이다. 친구는 멋진 말이었다. 마음과 등을 기대면 정말 따뜻할 것 같다. '같이'를 배웠을 때만큼 따뜻한 말이었다.

그런데 인간은 동물을 좋아하지 않는 것 같다.

비둘기들이 전하는 통신의 대부분은 아프고, 슬픈 소식이다. 춥고, 배고프고, 가여운 동물이 길가에 버려진다. 그런데도 인간의 가족과 친구가 되어야 한다니.

갑자기 내가 싫어졌다.

'인간 사전'수업이 끝나고 '말하기'수업과 '움직이기'수업이 시작됐다. 인간이 말을 하는 것처럼 우리도 울고, 웃고, 말을 한다.

"멍멍멍. 야옹야옹. 삐악삐악, 꿀꿀꿀, 휘이휘이, 음메음메, 까악까악, 메헤에, 어흥…."

셀 수도 없이 많다.

나는 '꿀꿀꿀'을 선택했다. 이유는 간단하다. '인간 사전'에서 꿀은 달고 맛있는 것 중 하나였다. 나중에 알게 됐지만 그 꿀과 이 '꿀꿀꿀'은 다른 것이었다.

'말하기 수업'은 금방 끝이 났다.

가장 어렵다는 '움직이기'수업을 위해 필요한 과정이라고 했다.

곧이어'움직이기'수업이 시작됐다.

내가 선택한 '꿀꿀꿀'이 되기 위해서는 네발로 걷는 법을 배워야 했다.

아직 나의 다리는 세 개다.

"인간은 네발 동물을 좋아하지. 하지만 두 발 동물도 있지. 인간은 날개가 있는 동물을 좋아하지. 하지만 날개가 있어도 날지 못하는 동물이 있지. 인간은 작은 동물을 좋아하지. 하지만 인간은 큰 동물과 작은 동물 모두 잡아먹지. 인간은 조용한 동물을 좋아하지. 인간은 많이 먹는 동물을 싫어하지."

개미 선생님의 설명은 끝이 없었다. 하마터면 선생님의 안경이 허공에서 춤을 출 뻔했다.

'인간이 동물을 잡아먹다니.'

나는 무서웠다. 그래도 선택을 해야 했다.

'말하기'수업에서 선택한 울음소리를 기준으로 다리의 개수가 정해졌다. '꿀꿀꿀'은 다리가 네 개라고 했다.

"나머지 한 개는 언제 생길까요?"

네 개의 다리가 있어야 '움직이기'수업에서 걷는 법과 뛰는 법, 앉는 법을 배울 수 있다.

"내일."

개미 선생님이 말했다.

나는 내일을 본 적이 없다.

"오늘은 안 되나요?"

개미 선생님이 고개를 저었다.

"기다려야지. 내일은 그렇게 배우는 거야."

내일은 보는 게 아니라, 기다리는 거였다.

나는 내일을 기다렸다.

이곳은 다리가 없어도 설 수 있고 날개가 없어도 날 수 있는 동물 환상국이다.

하지만 인간 세상에서는 부족하다. 나는 달려야 하고, 도망쳐야 하고, 더 많이 먹어야 한다. 그래야 살 수 있다고 개미 선생님이 말했다.

내일이 될 때까지 내가 할 수 있는 일은 '꿀꿀꿀'을 상상하는 것뿐이었다.

다리가 네 개, 날개는 없다. 꼬리는 있다. 귀도 눈도 코도 입도 있다. 꿀꿀꿀, 이렇게 울고 웃으며 말한다.

"꿀꿀꿀." (다리가 생기면 나는 인간 세상으로 간다.)

그런데 아무리 상상을 해도 내일이 그려지지 않았다.

'인간 사전'에서 '내일'을 찾아보았다.

오늘 + 오늘 = 내일

'오늘은?'

오늘을 찾아 '인간 사전'을 넘겼다. 책장을 넘길 때마다 바람이 불었다.

스스슥, 샤샤삭. 스스슥, 샤샤삭.

지금 + 지금 = 오늘

지금에서 지금을 더한 것이 오늘이었다. 내일은 오늘의 지금을 더하고, 더하고, 더하고, 더했다. 그러니까 지금을 네 번 더한 것이 내일이었다.

지금의 네 번과 네 개의 다리.

내일이 오면 나는 네 번째 다리가 생긴다. 내일 생기는 네 번째 다리와 네 개의 지금이 친구 같았다.

'인간 사전'의 책장을 다시 넘겼다. 이번에도 바람 소리가 들렸다.

스스슥, 샤샤삭, 스스슥, 샤샤삭.

"휴….'

긴 한숨이 나왔다. 아직도 내일이 오지 않았다. 내일이 올 때까지
나는 또 생각했다. 내일이 오면 한 개의 다리가 더 생긴다. 그러면
네발 동물이 된다.

개미 선생님은 내일이 오면 중요한 것을 알게 된다고 했다.

"다리를 접고 앉는 법. 다리에 힘을 주고, 걷고 뛰는 법."

"인간 사전만큼 복잡해요?"

내가 물었다.

"다리가 생기면 알게 된다."

개미 선생님은 저절로 폴짝폴짝 뛰게 될 거라고 했다. 그리고 잊
지 말아야 할 것을 알려 주었다.

(가만히 + 조용히) − 두려움 = 함께하는 용기

뛸 때는 물론 멈추거나 앉아 있을 때의 자세였다. 하나하나의 뜻
도 알려 주었다.

가만히, 긴장하지 마라.
조용히, 주위의 소리를 들어라.
그리고 **두려움**을 버려라.
그러면 **함께하는 용기**가 생긴다.

"왜요? 왜, 함께해야 돼요?"

내가 물었다.

"너는 인간의 친구니까."

개미 선생님이 말했다.

"용기는요?"

"너는 자랑스러운 꿀꿀꿀이 될 테니까."

개미 선생님의 말이 머릿속에서 맴돌았다. 나는 내일이 오기를 기다리며 '인간 사전'에서 '함께하는 용기'를 찾아보았다.

스스슥, 샤샤삭, 스스슥. 샤샤삭.

(가만히 + 조용히) − 두려움 = 함께하는 용기

*

드디어 내일이 왔다.

내일은 오늘과 똑같이 생긴 날이었다.

내일이 오자 정말로 다리가 생겼다. 나는 네발 동물이 되었다.

개미 선생님의 말대로 저절로 제자리에서 뛸 수 있었다. 뛰는 것보다 가만히 서 있는 것이 더 어려웠다.

내일을 기다린 다른 동물들이 하나둘 모여들었다.

내가 물었다.

"내일은 어땠어?"

날개가 있는 동물이 말했다.

"너무 힘이 들었어."

"내일이 오지 않을 것 같았어."

"내일을 생각하다 잠이 들어 버렸어."

모든 동물이 투덜거렸다.

개미 선생님이 다가왔다. 오늘은 선생님의 안경이 코끝에 정확히 걸려 있었다. 나는 움직이지 않았다. 날지도 않았다. 선생님이 모든 동물을 둘러볼 때까지 기다렸다.

나는 내일이 궁금했다. 하지만 선생님이 말할 때까지 묻지 않았다.

개미 선생님의 코끝에서 안경이 움직이기 시작했다.

"인간들은 언제나 내일을 바라본다."

나는 깜짝 놀랐다. 내일을 기다리는 건 지루하고 힘든 일이었다.

참지 못한 나는 선생님을 향해 큰 소리로 물었다.

"오늘이 있는데 내일을 바라본다고요?"

개미 선생님은 안경 너머로 나의 몸을 훑어보았다.

나는 선생님의 설명을 듣기 위해 '함께하는 용기'의 자세로 앉아야 했다.

'(가만히 + 조용히) − 두려움'의 자세는 힘든 자세였다.

"인간에게 내일은 중요하다. 모든 인간은 내일을 기다린다."

선생님의 설명이 이어졌다.

"인간은 매일매일 꿈을 꾼다."

나는 선생님이 시키지 않아도 '인간 사전'에서 '꿈'을 펼쳐보았다.

내일 꼭 하고 싶은 일 = 꿈

꿈은 알쏭달쏭했다.

부족한 한 개의 다리를 만나기 위해 내일을 기다렸다. 내일을 기다리는 동안 오늘이 흘러갔다. 심심했고, 내일이 올 것 같지 않아 힘이 들었다. 그런데 인간들은 이런 내일을 매일매일 바라본다고 했다.

인간에게 친구가 필요한 이유 같았다. 알쏭달쏭한 꿈이었지만 '내일 꼭 하고 싶은 일'이 꿈이라면 인간에게 친구가 필요해 보였다.

나는 고개를 끄덕였다. 곧 만나게 될 인간을 위해 그 정도는 해줘야 할 것 같았다.

개미 선생님은 마지막으로 '위로'의 뜻을 알려 주었다.

친구가 할 수 있는 최고의 선물 = 위로

나는 동물이다. 동물은 숨을 쉴 수 있다. 먹을 수 있고, 움직일 수 있다. 그리고 생각할 수 있다.

나는 '꿀꿀꿀'이 되는 '나'를 생각했다. 인간의 친구가 되는 '나'를 생각했다. 친구가 되면 최고의 선물을 인간에게 줄 수 있다.

드디어 내가 좋아졌다.

동물이 될 시간이 다가왔다.
나는 자리에서 일어났다. 내가 기억하는 마지막의 나는 빛이었다.
동물 환상국을 빠져나오자 나의 빛이 사방으로 흩어졌다.

개미 선생님의 말처럼 나는 자랑스러운 '꿀꿀꿀'이 되었다.

수상소감

황 경 란

봄이 오고 있었습니다.

창밖 감나무의 가지에서 새순이 올라왔습니다. 도시의 텃새들이 감나무에 모여들었습니다. 열심히 재잘거리며 친구들을 불러 모았고, 친구들이 모여들면 더 열심히 무언가를 쪼아대며 날아다녔습니다. 직박구리와 참새의 울음에 잠이 깨던 봄이었습니다.

봄의 길목이 희망이 되길 바라며 새로운 길로 들어섰습니다. 그 길이 아이들을 위한 길이라 생각했습니다. 하지만 제가 본 것은 잘못이 관행이 된 어른들의 모습이었습니다. 어른으로서 한없는 무능을 경험했고, 아이들과의 약속을 지키지 못한 채 길을 나왔습니다.

그 봄을 시작으로 동화를 쓰기 시작했습니다.

아이들을 위해 내가 할 수 있는 최선의 것을 생각했습니다. 그곳에 동화가 있었습니다.

아이들이 궁금해하는 것을 떠올렸고 아이들이 슬퍼하는 것을 들여다봤습니다. 아이들이 즐거워하는 소리에 귀를 기울였고, 하나씩 적고 하나씩 쓰고 읽기를 반복했습니다.

계절이 바뀌었습니다.

한여름의 열기를 온몸으로 받아내던 감나무를 기억합니다. 부족함

없는 인내를 보았습니다.

저는 여전히 채워야할 게 많은 부족한 어른입니다. 그럼에도 저에게 기회의 문을 열어주신 심사위원 선생님 감사합니다.

무릎을 구부리고 허리를 숙이며 아이들에게 다가가는 동화 작가가 되겠습니다.

활달한 상상력, 오래도록 가다듬은
문장력 빛나

예심을 거쳐 본심에 올라온 작품은 8편이었다. 그중 눈길을 붙잡은 작품은 김유미의 '주전자가 끓는 시간', 정희의 '그대로 멈춰라' 그리고 황경란의 '동물 환상국'이었다.

'주전자가 끓는 시간'은 차분하게 아이의 걸음걸이를 따라가며 할머니의 죽음을 바라보는 작품이다. 안정적인 문체로 할머니와 아이의 관계를 그려냈으며 할머니의 사랑을 노란 주전자로 형상화한 점도 좋았다. 하지만 아이가 할머니의 사랑을 그저 받기만 하는 수동적인 위치여서 아쉬웠다. 아이가 주체적으로 뭔가를 해나가는 대목이 있어야 했다.

'그대로 멈춰라'는 주인공의 가족이 슬로드 바이러스에 걸린다는 코로나 시대의 시의성이 반영된 이야기다. 바쁘게 사는 사람들에게 잠시 멈추고 느린 걸음으로 함께하자는 메시지를 경쾌하게 전달하고 있다. 이야기를 가볍게 밀고 나가는 점은 좋았으나 끝부분에서 주제를 전면에 드러내는 방식은 다시 생각해 볼 일이다.

'동물 환상국'은 장점이 많은 작품이다. 새 생명체로 태어나려는 동물의 혼령이 인간과 친구가 되기 위해 노력한다는 소재가 신선하다. 구성이 안정되고 문장에 군더더기가 거의 없다. 특히 낱말 풀이를 통해서 삶의 의미를 되새겨보도록 하는 점도 좋았다. 활달한 상상력과 오래도록 가다듬은 게 분명한 문장력을 높이 사서 당선작으로 뽑았다.

당선자에게 축하를, 아쉽게 탈락한 예비 작가들에게도 격려를 보낸다.

심사위원 이미례(동화작가)

국제신문

손이랑

본명 김은희
1973년. 춘천 출생
명지대 대학원 문예창작과 석사 졸업 · 박사 수료
2019 〈대전일보〉 신춘문예 소설 당선
미디어스 인터넷신문 칼럼 연재
2022 〈국제신문〉 신춘문예 동화부문 당선
postboat22@naver.com

동백 101호

손 이 랑

  오늘도 온통 붉었다. 붉은 구름, 붉은 안개, 붉은 땅. 공기는 탁하고 하늘도 탁했다. 태어나서 한 번도 맑고 푸른 하늘을 보지 못했다. 푸른 하늘이 어떤 하늘인지, 어떻게 생겼는지 몰랐다. 대기질도 나쁘고 산소도 부족했다. 산소통 없이는 외출할 수 없었다. 휴대용 산소 없이 등교하는 것은 금지며 수업 시간에도 얼굴 전면을 감싸는 실리콘 얼굴 커버 투명 마스크를 쓰고 있어야 했다. 마스크 옆 산소 흡입기에 휴대용 산소통을 연결해 숨을 쉬었다.

  "어제 용태도 집으로 돌아가라는 경고음이 울렸다고."

  "어머나 그랬어!"

  할 수 없었다. 엄마는 미안한 얼굴로 오늘 하루만이라고 집게손가락을 세우며 말했다. 사실 이 방법밖에 다른 방법은 없었다.

  "퇴근길에 꼭, 정말이야. 꼭 사서 올게. 약속해."

  새끼손가락을 내 코앞에 내밀었다. 나는 입을 삐죽거리며 새끼손가락을 걸었다.

"그래. 엄마가 꼭 사서 올 거야. 엄마가 누구야. 우리 집 슈퍼 능력 자잖아."

아빠가 엄마와 내 눈치를 살피며 거실에 팽개친 책가방을 들고 왔다.

"그럼. '꼭'이야. 정말 꼭."

짜증을 입 안 가득 물고 볼멘소리로 다짐을 받았다. 엄마는 코를 씽긋거리며 동백 101호가 담긴 진공밀폐용기를 산소 호스에 연결했다.

"자, 전원 버튼 눌러봐. 작동 잘되는지 봐야지. 물론 잘되겠지만 말이야."

엄마는 왼쪽 눈을 찡긋거렸다. 전원 버튼을 누르자 초록색 불이 들어왔다. 콧속이 시원하고 상쾌해졌다. 엄마는 그것 봐. 좋지, 하는 표정으로 나를 내려다보았다.

"아직 꽃은 피지 않아 향기는 없겠지만. 향기가 싫으면 요 버튼을 누르면 돼. 좋은 향기도 오래 맡으면 머리 아플 수 있으니까. 초록색 불일 때가 산소질이 좋다는 표시야. 노란색으로 바뀌면 나빠졌다는 것이고, 빨간색으로 바뀌면 아주 나빠졌다는 위험 신호야. 하지만 걱정할 것 없어. 다행스럽게도 동백 101호는 슈퍼 정화 능력을 갖추고 있어서 30초 내로 최상의 산소 상태로 돌아가는 능력을 갖추고 있다고."

"엄마는 슈퍼 능력자니까. 엄마를 믿어."

아빠는 엄마의 열렬한 지지자이며 무한 긍정맨이다. 아빠는 입버

롯처럼 엄마가 하는 일은 전세계 사람들이 마음껏 숨 쉴 수 있도록 하는 중요하고 소중한 일이라고 말했다. 나도 보호장비 없이 마음껏 숨 쉬며 친구들과 뛰어노는 날을 기다리지만…

"백 번이나 실패했잖아. 무슨 슈퍼 능력자가 백 번이나 실패해."

"쉿, 정으뜸, 감히 우리 집 금지어를."

다행히 엄마는 듣지 못한 모양이었다. 두 눈을 감은 채 벅차오른다는 듯 가슴에 두 손을 얹고 있었다. 동백 101호는 엄마가 일하는 대기오염연구소에서 개발 중인 제품으로 유기농 천연 휴대용 산소 생성기이다. 동백 101호는 동백나무로 휴대하기 위해선 스노우볼 안에 있는 전나무만큼 초소형으로 축소해야 했다. 50번째에 동백나무를 축소하는 데 성공했지만 문제가 생겼다. 정화 능력이 떨어졌다. 정화 능력을 보강하니 신선한 공기를 제공하는 시간이 짧아졌다. 엄마가 밀폐용기에 담아준 동백 101호는 식물이 이산화탄소를 분해하고 산소를 만드는 과정을 극대화하고 신선한 산소를 생성하는 것뿐 아니라 오염된 공기를 정화할 수 있는 기능을 강화하였다고 했다.

"봐. 이렇게 하면 티 나지 않지. 아무도 모를 거야."

"출입구를 통과하지 못할 거야. 귀가 조치 될 거라고."

"무슨 그런 섭섭한 소리를. 엄마가 만든 동백이가 그 정도밖에 되지 않는다고. 너 동백이 능력을 너무 낮게 보는 것 같아. 엄마 많이 섭섭해."

출입구를 통과하지 못할 것이 분명했다. 센서가 작동해 경고음이 울리면 바로 집으로 돌아가야 했다. 출입구 산소 감별기가 산소통에 있는 산소질을 감별하고 나쁨, 매우 나쁨이 나오면 센서가 작동했다. 어제 용태의 표정이 떠올랐다. 출입구에 차단기가 내려지고 삐, 삐. 요란한 경고 소리가 났다. 용태가 출입구에 서서 어쩔 줄몰라 하고 있었다. 용태는 귀밑까지 빨개졌다. 삐, 삐. 선도 로봇이 용태 앞을 가로막아 섰다. 용태는 금방 울 듯한 얼굴로 뒤로 물러섰다. 학교 출입을 허락할 수 없습니다. 집으로 돌아가세요. 용태는 고개를 푹 숙인 채 뒤돌아 교문을 빠져나갔다.

"정으뜸, 멋지다."

아빠는 엄지손가락을 세우고 쭉 내밀었다. 아빠는 일주일 전부터 재택근무에 들어갔다. 구하기 어려운 휴대용 산소 때문에 출근을 하지 못하는 사람이 많아졌다. 그래서 사원의 3분의 2를 재택근무하도록 했다. 휴대용 산소를 판매하는 곳에서 배송이 지연되고 있다는 문자와 주문을 취소해 달라는 문자만 반복적으로 전송되었다. 어디든 같은 상태였다. 주문 폭주, 주문 불가, 배송 지연이라는 문구가 쇼핑몰에 걸려 있었다. 휴대용 산소통을 구하는 일은 하늘에 별따기만큼 어려웠다. 휴대용 산소통 사재기 대란은 통영발전소의 오작동이 발표되면서 시작되었다. 산소 공급에 차질이 있을 것이라는 보도가 나오자 산소 사재기가 벌어졌다. 통영발전소의 정화 장치가 오작동하여 오염된 공기가 정화된 공기와 뒤섞여 버렸다. 기계 조작 실수인 줄 알았는데 낡고 오래된 기계 때문이었다. 부식된 연결관을 교체하고 탱크를 보수하는 동안 발전소는 폐쇄하기로 했다. 영월, 남읍 등 발전소마다 대대적인 점검에 들어간다는 보도가 나오고 난 후 휴대용 산소와 가정용 비상 산소 가격이 치솟았다. 상품은 품절 되어 살 수 없었다. 산소를 구한다는 글이 맘카페에 올라오고 산소를 구한 사람들의 성공 사례가 맘카페에 올라왔다.

"잘 다녀와. 집에 와서 동백 101호 사용 후기 말해줘."

삐오삐오.

요란한 경고음이 울렸다. 보라가 출입구를 통과하지 못하고 서 있었다. 선도 로봇이 보라 앞을 가로막고 말했다.

"산소 오염 60% 위험 단계입니다. 집으로 돌아가세요."

보라는 잔뜩 겁먹은 얼굴로 뒤돌아섰다. 옆줄에 서 있던 용태가 쭉 고개를 빼고 앞을 살폈다. 보라가 옆으로 물러서자 윤아가 출입구 앞에 섰다. 용태는 아랫입술을 잘근잘근 씹으며 윤아와 센서를 번갈아 쳐다보았다. 초록색 불이 들어오고 산소 상태 보통이라는 알림이 떴다. 출입구가 열리고 윤아가 통과했다. 용태가 조심스럽게 한숨을 내쉬었다. 윤아가 고개를 돌려 용태를 보며 오른손을 슬며시 아래로 내리고 동그라미를 만들었다. 용태가 윤아의 오른손을 보며 씨익 웃었다.

"뭐야? 수상해."

내가 용태 옆에 다가서며 묻자 용태는 어깨를 으쓱하고 줄을 따라 걸음을 옮겼다. 용태가 출입구 앞에 섰다. 초록색 불이 반짝였다. 산소 오염 45%, 상태 보통. 출입구를 통과하는 용태가 나를 향해 손가락으로 브이를 해 보였다. 용태 녀석, 뭐지. 하루 만에 어떻게 산소를 구했지. 지금 용태 걱정할 때가 아니지. 바로 코앞으로 출입구 센서가 있었다. 나는 두 눈을 질끈 감았다.

쾌적한 하루입니다. 산소 오염 0%. 산소 상태 최상.

상냥하고 기계적인 목소리가 울려 퍼졌다. 엥. 나는 두 눈을 슬며시 떴다. 파란색 불이 들어와 있었다. 최상이라고? 최상의 표시등이 뜨는 것은 처음이었다. 최상, 매우 좋음, 좋음, 보통, 나쁨, 매우 나쁨으로 산소질이 나뉘지만, 대부분 좋음이거나 보통이었다. 용태가 눈을 가늘게 뜨며 나를 쳐다보았다. 의심스러운 눈으로 쳐다보는 용태 눈길을 피하며 먼저 말했다.

"용태 너, 깨끗한 산소가 없어서 학교 오지 못할 것 같다고 징징거리더니 어떻게 된 거야?"

"나? 방법이 다 있지."

용태는 금방 의기양양해져서 씨익, 웃었다. 내가 용태를 쳐다보자 가까이 다가서며 목소리를 낮췄다.

"섞었어."

섞어 쓴다는 말은 들어봤지만 실제로 본 적은 없었다. 그리고 섞어서 사용하는 것은 불법이었다.

"많아. 나도 윤아한테 배운 거야. 윤아도 섞어서 쓰고 있어. 한 달 되었데. 윤아 언니네 학교에는 섞어서 쓰는 친구들이 많데. 3반 재윤이도, 단이도 5반 예진이도 섞어서 쓰고 있어."

용태가 눈을 가늘게 뜨고 나에게 몸을 바짝 붙이며 말했다.

"너야말로 어떻게 된 거야. 휴대용 산소가 없어서 등교 못 할 것 같다고 하더니. 너희 부모님 능력자다. 산소를 어떻게 구했어? 요새 산소 없어서 난리잖아. 설마 너도, 섞었어. 그런 거야?"

"아, 아, 어."

용태가 눈을 동그랗게 뜨며 나를 쳐다보았다.

"뭐야. 그 시원치 않은 대답은."

윤아가 용태를 불렀다. 나는 용태를 피해 교실로 들어가 자리에 앉아 윤아와 용태를 지켜보았다. 은밀히 이야기를 나누는 듯 고개를 맞대고 사방을 살피더니 서로 휴대용 산소통을 보여주고 자리로 돌아갔다. 1교시는 음악이었다. 노래는 조를 나눠 오 분씩만 돌아가며 부르고 남는 시간은 음악 감상을 했다. 2교시는 체육 시간이었지만 독후감을 썼다. 당분간 산소가 많이 필요한 체육은 하지 못한다는 공지가 전자 통신문으로 전송되었다. 나는 산소통이 신경 쓰여 독후감에 집중할 수 없었다. 엄마가 차에서 내리기 전에 했던 말이 마음에 걸렸다. 으뜸아, 주의 사항 잊지 마. 두 시간마다 물을 줘야 해. 꼭. 동백 101호는 물을 주지 않으면 정화 능력이 떨어지고 결국 죽어. 그러니까. 물은 동백 101호의 밥이야. 동백 101호를 소중하게 다뤄 줘. 두 시간이 지났다. 휴대용 산소 용기의 불이 파란색 불이었지만 초록색 보통 상태로 바뀌어 있었다.

"왜 그래? 똥 마려운 강아지 모양으로 안절부절못하며 무슨 일이야?"

용태가 선생님이 눈치채지 못하게 속삭였다. 나는 용태의 말이

귀에 들어오지 않았다. 금방이라도 빨간색 불로 바뀌고 선도 로봇이 나타나 집으로 돌아가라고 할 것만 같았다. 식은땀이 났다.

"정말, 똥이 마려운 거야?"

나는 책상 안쪽에 있는 벨을 눌렀다. 선생님이 다가오는 것을 보며 배를 움켜쥐었다. 선생님은 인상을 쓰며 밖으로 나가라는 손짓을 했다. 나는 화장실을 향해 뛰었다. 화장실에 사람이 없는 것을 확인하고 용기 뚜껑을 열었다.

세상에. 이럴 수가.

동백꽃이 피고 있었다. 가지가 자라고 푸른 잎이 돋았다. 아침까지만 해도 꽃망울이 수줍게 가지에 매달려 있었는데 붉은 꽃이 피고 있었다. 수도꼭지를 틀고 동백 101호가 흠뻑 젖도록 물을 주었다. 붉은 꽃잎이 더 붉어졌다. 충분히 물을 주었다고 생각하고 수도꼭지를 잠글 때 화장실 문이 열리고 용태가 들어왔다.

"네가 하도 안 오니까. 선생님이 가보라고 했어."

나는 얼른 동백 101호를 등 뒤로 숨겼다. 용태가 고개를 옆으로 숙이고 내 등 뒤를 살폈다.

"뭐야? 너 산소통 안에 그것 뭐야?"

"아, 아무것도 아니야."

나는 다급하게 산소통 뚜껑을 닫고 뒷걸음질 쳐 화장실을 빠져나왔다. 뒤따라 교실로 돌아온 용태가 수업 시간 내내 나를 힐끗힐끗 쳐다보았지만 모른 척했다. 용태가 쪽지를 나에게 던졌다. 쪽지에는 큼지막하게 글씨가 쓰여 있었다. 너, 많이 수상해. 옆얼굴에 따가운 시선이 느껴졌지만, 그것도 모른 척했다. 나는 쉬는 시간에 용태를 피해 화장실에 숨었다. 용태도 관심을 잃은 것 같았다. 점심시간에도 밥을 먹든 둥 마는 둥 하고 기운 없이 책상에 엎드려 있던 용태가 5교시 수학 시간에 의자를 뒤로 밀치며 일어났다.

"선생님, 속이 좋지 않아요. 점심 먹은 게 체했나 봐요."

용태는 이마를 타고 흐르는 땀을 닦으며 입을 벌리고 헉헉거렸다.

"알았어. 조용히 보건실 다녀와."

용태가 비틀비틀 교실 뒤로 걸어갔다. 쿵. 넘어지는 소리가 들렸다. 용태가 쓰러져 있었다. 아이들이 쓰러진 용태에게 모여들었다. 뒤에서 선도 로봇의 목소리가 들렸다.

"비키세요. 모두 옆으로 물러나세요. 비키지 않을 시 벌점을 주겠습니다."

반 아이들이 물러났다. 선도 로봇이 집게손가락을 용태 산소통에 가져다 댔다.

"산소 상태 불량. 매우 나쁨. 산소 오염 85%. 당장 퇴실하도록 합니다. 집으로 돌아가도록 합니다."

용태 산소통 상태 표시등에는 초록색 불이 들어와 있었고, 상태 보통이라고 표시되어 있었다.

"산소통 불법 조작, 산소 정품 아님. 일어나세요. 집으로 돌아갑니다."

용태는 옆으로 누운 채 숨을 거칠게 몰아쉬었다. 나는 선도 로봇을 밀어내고 용태의 마스크를 벗겼다.

"으, 뜸, 아, 나, 나, 숨을, 쉴, 수, 없어."

아이들과 선생님이 악, 소리를 지르며 뒤로 물러났다.

"위험, 위험. 경고합니다. 교내에서는 마스크를 벗을 수 없습니다. 마스크를 착용하세요."

삐삐, 삐삐. 쉴새 없이 경고음이 울렸다. 어떻게 해야 하지. 용태가 꼭 죽을 것만 같아 무서웠다. 그때 엄마의 말이 생각났다. 동백 101호는 슈퍼 정화 능력을 갖추고 있어. 나는 생각할 틈 없이 마스크와 연결된 산소 호스를 빼 용태 코와 입에 가져다 대었다. 아이들과 선생님이 어머, 하며 한 발 뒤로 물러났다.

"으뜸 학생. 산소통을 마스크에 연결하세요. 오염된 용태 학생한테서 떨어지세요. 경고합니다. 위험. 위험."

"시끄러워. 깡통 로봇아. 용태야, 천천히 숨을 들여 마셔봐. 이건 슈퍼 정화 능력이 있는 동백 101호야. 엄마가 그랬어. 동백 101호는 30초 내로 최상의 공기 상태를 만들 수 있다고."

용태가 천천히 숨을 들여 마셨다.

"용태야, 제발 죽지 마. 너 없으면 학교생활 너무 재미없단 말이야. 다신 명태라고 놀리지 않고 점심에 도넛 나오면 너 다 줄게. 용태야, 일어나."

"너, 약속했다."

용태가 눈을 뜨고 희미하게 웃고 있었다.

"반 아이들 다 들었다. 이번 학기 내내 네 도넛은 내 거야."

"아, 용태야!"

용태를 끌어안았다. 도넛은 백 개라도 줄 수 있어, 라고 마음속으로 외치며 산소 용기를 보았다. 세상에 동백의 붉은 꽃이 활짝 피어 있었다. 나는 울면서 더듬더듬 말했다.

"동백 101호, 고마워. 용태, 살려줘서 고마워."

수상소감

손 이 랑

나는 겁이 많은 아이였다. 늦은 밤이 되어도 잠을 잘 수 없는 아이였다. 불 꺼진 밤이면 어둠 속에서 불쑥 얼굴을 내미는 괴물이 있지 않을까, 발바닥을 간질거리는 긴 손톱이 있지 않을까. 이불을 눈 밑까지 끌어 덮고 어둠에 압도되어 조심조심 숨을 쉬던 아이였다. 어둠이 부풀어 올라 도저히 견딜 수 없게 되면 이불 움켜쥐고 잠들려 하는 할머니를 깨웠다. 그럼 할머니는 잠에 취해 이야기를 시작했다. 옛날, 옛날에, 로 시작한 이야기가 내가 잠들 때까지 이어졌다. 어느 날은 할머니 이야기가 너무 재밌어 잠들지 않으려고 애썼다. 어릴 적엔 할머니에게 숨겨놓은 이야깃주머니가 있다고 믿었으며 행복했다. 이제 주머니를 꺼내 이야기를 해보라고, 네 차례야, 라고 할머니가 나에게 말하고 있다. 할머니가 물려준 보물을 가슴에 담고 아이들과 웃고 울어 보려고 한다.

내가 이야깃주머니를 꺼내 풀 수 있게 뽑아주신 심사위원 선생님과 국제신문 감사드리며 항상 응원해준 가족과 친구들, 문우들 감사하며 하늘에 계신 할머니, 아버지께 감사드린다. 힘들 때마다 다독여주신 명지대 대학원 문예창작 선생님들께 감사드린다.

이제 동화 나라 이야기꾼으로 '마법 같은 동화 나라'의 첫 번째 이야기를 시작한다.

팬데믹 시대 스토리…
흡인력 강해

　20세기에 출현한 인터넷으로 문학은 독자를 잃었다고 해도 과언이 아니다. 그러나 분명한 것은 문학을 인류 역사와 떼어 놓을 수 없다는 것이다.

　다양한 주제로 쓰인 176편 중 3편을 본심에 올렸다. 예심에 오르지 못한 작품 대부분 가정과 학교에서 일어나는 아이들의 신변잡기라는 게 문제였다.

　'거리의 별똥별'은 오랜 습작으로 다져진 문장으로 믿음과 가능성을 보여주었다. 개성 있는 문체의 비유와 묘사가 캐릭터마다 역동감을 주었다. 그러나 비정한 시장 골목에 사는 유기 묘가 버려진 아이를 위해 오토바이에 치이는 결말은 마음 아팠다.

　'별일 없는 하루'는 안정된 문장으로 담담하게 들려준 이야기가 호소력 있었다. 시각장애가 있는 가영은 버스를 타고 하교하다 별일이다 일어나는 세상에서 별 일없이 무사한 것이 얼마나 행복한지 알게 되었다. 버스가 멈추고 가영이가 주머니에서 지팡이를 꺼내 촤라락 펼쳤을 때 박수치고 싶었다. 가영이가 눈 대신 감각으로 버스 안의 상황을 이야기했더라면 작품성이 배가 되었을 텐데.

'동백 101'은 팬데믹 시대에 일어날 법한 이야기로 경각심을 주기에 충분하다. 교문에서 로봇의 검사를 받고 휴대용 산소통에 적색 불이 들어오면 등교를 못 한다. 산소통 사재기로 '섞어 쓰거나' 재택근무를 하는 세상이 코로나 이후의 일상이 될지 모른다.

흡인력 있게 끌어가는 이야기가 시의적이고 설득력 있어 당선작으로 뽑았다.
개성이 다른 세 편을 두고 저울질했는데, 아쉽게 통과 못 한 분들에게 조금만 더 힘내라고 다독여 주고 싶다.

심사위원 김향이 · 김영호(동화작가)

동아일보

김 란

1964년 제주 출생
제주대학교 사회교육대학원 스토리텔링학과 재학
그림책 『외계인 해녀』, 『몽생이 엉뚱한 사건』,
『파랑별에 간 제주 해녀』
그림동화 『신이 된 사람들』, 『차롱밥 소풍』
2022 〈동아일보〉 신춘문예 동화부문 당선
nikiy777@hanmail.net

아무 일도 아닌 것 같지만

김 란

　오늘 나는 종일 혼자였다. 그러나 영지와 보라는 둘이었다. 두 사람이라서 둘인 건 당연하다. 하지만 그런 숫자를 말하는 게 아니다. 영지와 보라가 같이 있어서 하나가 아닌 것이다. 이런 쓸쓸함이 내 마음을 휘감은 것은 어제 오후부터였다.

　"엄마, 정말? 내 웹툰이 뽑혔다고 연락 왔어? 와, 신난다! 빨리 갈게!"
　수업을 마치고 학교 문을 나설 때, 엄마의 전화를 받았다. 그동안 나는 초등부 웹툰 공모전에 몇 번이나 냈지만 이번에 처음으로 뽑힌 것이다.
　"미소야, 축하해!"
　영지와 보라가 활짝 웃으며 손뼉을 쳤다.
　"너무 부럽다! 미소야, 나도 열심히 하면 너처럼 상 받을 수 있을까?"

"영지야, 나처럼 타고난 실력이 없으면 상 받기 힘들걸. 농담이야, 농담!"

우쭐한 기분에 나도 모르게 크게 말하며 웃었다.

순간, 영지가 등을 획 돌려 저 혼자 뛰어갔다. 그러자 보라가 날카롭게 쏘아붙였다.

"미소야! 상 받았다고 영지가 우습게 보이니?"

나는 아무 대꾸도 못 한 채, 뛰어가는 두 친구를 멍하니 바라보았다.

그리고 오늘 아침, 나는 교실에 들어가자마자 영지와 보라를 찾았다. 그러나 두 아이는 나를 피하듯 얼른 교실 밖으로 나갔다. 내가 불렀지만, 뒤도 돌아보지 않았다. 나도 모르게 눈물이 핑 돌았다.

'왜 나를 따돌리는 거지? 내가 어제 한 말이 그렇게 상처받을 말이야?'

나는 너무 답답하고 화가 나서 소리치듯 공책에 휘갈겨 썼다.

'이영지! 박보라! 내가 상 받은 게 그렇게 질투 나? 내가 한 말이 그렇게 기분 나빠? 친구가 그것도 이해 못 해? 너희들이랑 영원히 끝이야!'

나는 큰 글씨로 휘갈겨 쓴 노트 한 장을 확 찢어서 바지 주머니에 구겨 넣었다. 그런데 이상하게 마음이 편하지 않았다. 화풀이하듯 꽉꽉 짓눌러 썼는데, 정말 눌려버린 건 내 마음이었다. 또, 구겨진 종이처럼 팍 오그라드는 것 같았다.

수업이 끝나자, 나는 곧장 우리 아파트 뒤에 있는 작은 숲 공원으로 갔다. 내가 마음이 아프거나 화가 날 때 오는 숲 공원이다. 하얗고 연분홍색의 구절초, 키 작은 보라색 쑥부쟁이, 노랗게 물든 키다리 은행나무들, 그리고 새의 깃털처럼 바람 속을 이리저리 움직이는 억새. 그런데…… 억새 수풀 속에서 윗부분이 빨갛고 둥그런 무언가가 보였다.

나는 기다란 나뭇가지를 주워 수풀을 헤쳐 보았다. 여기저기 칠이 벗겨진 빨간 우체통이었다. 사용하지 않는 우체통이 분명한데, 누군가 '마음 우체통'이라고 낙서를 해놓았다. '마음 우체통?' 그때, 주머니 속에 구겨 넣었던 낙서 종이가 생각났다.

나는 쓰레기통에 버리듯 종이를 우체통에 던져 넣고, 오솔길을 따라 계속 걸었다. 밤과 도토리가 열린 나무들이 줄 서 있고, 작은 인공폭포에서 쉼 없이 물줄기가 흘렀다. 숲 건너편에는 가을 햇살이 금빛 가루를 뿌린 듯 쏟아져 내리고 있었다 눈이 부셨다. 그때, 햇살 아래서 누군가 손을 흔들었다.

-김미소 연구원, 왜 이렇게 늦게 와? 지금 급한 일이 생겨서 빨리 출장 가야 돼!

노란 넥타이를 맨 고양이었다.

나는 깜짝 놀랐다. '어, 고양이가 말을 하네?' 그러면서 나도 모르게 고양이가 있는 곳으로 갔다.

"야옹아, 나를 어떻게 알아?"

-미소 연구원, 지금 농담할 시간 없어! 냥냥 초등학교 4학년 쿵이 학생이 고민 상담을 보냈는데, 많이 힘든가 봐. 어서 가서 도와주자.

나를 재촉하는 고양이 가슴에 '마음연구소 레오 소장'이라는 이름표가 붙어있었다.

'마음연구소? 뭐 하는 데지?'

그때, 레오 소장은 마음 우체통에서 가져왔다며 나에게 편지를 건네주었다. 나는 소장을 따라가며 편지를 읽었다.

〈레오 소장님. 합주반 연습 때, 내가 실수해서 친구들이 선생님께 야단맞았어요. 그래서 얘들이 날 보고 수군거려도 참았는데, 나랑 제일 친한 뭉이가 끝까지 나를 놀렸어요. 내가 뭉이라면 절대 안 그래요! 나는 뭉이랑 친구 하기 힘들어요. 그래서 지금 내 마음이 너무너무 아파요. 소장님, 내 마음 좀 치료해 주세요. 쿵이가〉

나는 많이 놀랐다.

'고양이들도 우리처럼 친구랑 싸우고 마음이 아프기도 하는구나. 어? 그런데 쿵이랑 뭉이도 나처럼 4학년이네. 참, 신기하다.'

앞서가던 레오 소장이 돌아보며 말했다.

-미소 연구원! 친구 안 한다는 쿵이의 편지는 알고 보면 친구를 다시 만나고 싶다는 외침이야. 우리가 쿵이의 마음을 잘 달래주고, 두 아이가 다시 만나게 도와주자.

나는 고개를 끄덕였다. 그런데 쿵이네 집이 가까워질수록 이상한 생각이 들었다. 나는 뭉이를 닮고, 영지는 쿵이와 비슷하다는 것을.

　레오 소장은 작은 나무들이 우거진 숲 안으로 들어가더니, 풀집 앞에서 멈추었다. 파란 뿔테 안경을 쓴 쿵이가 마당에 있는 그네에 앉아있었다.

　-쿵아, 안녕? 미소 연구원이랑 같이 왔어.

　쿵이는 나를 보며 힘없이 머리를 끄덕였다.

　우리는 그네 옆에 있는 둥근 탁자에 둘러앉았다.

　-쿵이야, 친구가 한 말에 상처를 많이 받았구나.

　레오 소장이 쿵이의 등을 쓰다듬으며 말했다.

　그러자 쿵이가 안경을 벗어 탁자 위에 내려놓고 눈물을 닦았다.

　-합주반 때, 나는 열심히 바이올린을 켰는데 실수했어요. 그래서 선생님이 엄청 화를 냈지요. 나는 너무 창피하고 미안해서 고개도 들지 못했어요. 그런데 뭉이가 집에 갈 때까지 나를 놀렸어요…….

　나는 레오 소장이 시키는 대로 쿵이의 말을 수첩에 적으며 내 생각도 기록했다.

　* 뭉이가 나한테 '아무나 바이올린 켜나? 너는 웬만하면 바이올린을 하지 마!'라고 했어요. (그래서 쿵이는 마음이 너무 아팠다고 함.)

　* 뭉이가 '너는 꿈이 제빵사니까 빵만 잘 구우면 돼!'라며 놀렸어요. (그때, 합주반 아이들이 웃어서 쿵이는 너무 창피했다고 함.)

　* 뭉이가 큰소리로, '너는 나보다 잘하는 게 없구나. 나는 뭐든지

일등이야!'라며 웃었어요. (쿵이는 그만 눈물을 참지 못하고 울었다고 함.)

나는 훌쩍이는 쿵이에게 내 손수건을 건네주며 말했다.

"쿵이야, 많이 속상하지? 나라면 밥도 못 먹고 잠도 못 잤을 거야. 그리고 친구 욕도 막 했을 거야. 그런데 친구랑 정말 헤어질 수 있겠니?"

그러자 쿵이는 눈물을 닦고 안경을 쓰며 대답했다.

-연구원님은 내 맘을 알아주시네요. 하지만 내가 실수했을 때, 뭉이가 그렇게 놀릴 줄은 몰랐어요. 내 마음은 중학생이 되어도, 고등학생이 되어도 상처가 낫지 않을 것 같아요.

그 순간, 내 머릿속을 스치는 게 있었다.

'아! 내가 바로 뭉이 같은 애구나. 그럼 영지는 쿵이랑 같은 마음이겠네.'

뭉이가 한 말 때문에 쿵이가 마음의 상처를 받은 것처럼, 영지도 나 때문에 힘들겠구나, 라는 생각이 들었다. 그래서 얼른 쿵이에게 말했다.

"쿵이야, 나도 너랑 똑같은 일이 있었어. 내가 상 받았다고 들떠서 함부로 말한 것 때문에 내 친구 영지도 너처럼 상처를 받았어. 그런데 지금까지 나는 내 친구 마음을 전혀 몰랐어. 아마 뭉이도 자기가 잘못한 걸 나처럼 모를 것 같아."

내 말이 끝나는 순간, 쿵이는 소리쳤다.

-연구원님, 그래서 화가 나는 거예요! 내 마음은 이렇게 아픈데 뭉이는 맘 편하게 있을 거 아녜요!

나는 와락 쿵이를 안고 달래주었다.

"쿵아, 나는 내일 당장 영지한테 사과할 거야. 우리 아빠가 그랬어. 많이 사랑하는 사람이 많이 이해해 주는 힘이 있다고. 그래서 먼저 손을 내밀 수 있대. 나는 영지를 많이 사랑하거든. 쿵아, 네 마음은 어때?"

쿵이는 대답 대신 고개를 푹 숙였다.

그때, 누군가와 통화를 하고 난 레오 소장이 우리에게 말했다.

-방금 뭉이 엄마한테서 상담 전화가 왔어. 모레가 뭉이 생일인데 친구 문제라면서 뭉이가 생일잔치를 하기 싫다고 한대. 그래서 내일 집으로 방문 상담해달래. 잘됐다! 내일 우리 셋이 뭉이네 가자.

레오 소장에게 내일 오겠다고 약속한 나는 집에 와서 저녁을 먹자마자 스케치북을 꺼냈다. 고양이 마을에서 있었던 일을 그리기 시작했다.

그때, 우리 반 톡 방이 울렸다.

'내 생일잔치 다시 한번 알릴게! 내일 토요일 12시 우리 집! 기다릴게. 친구들아!'

영지의 톡에 '나도 갈게!', '내일 봐!' 아이들의 답글이 빠르게 올라왔다.

'영지가 나한테는 초대장을 안 보냈네. 정말 화가 많이 났구나.'

나는 영지한테 카드를 썼다. 그리고 생일잔치를 마치면 함께 고양이 마을에 가야지 하며 생각하다가 나도 모르게 잠이 들었다.

다음 날, 카드와 선물을 들고 영지네 문 앞까지 갔지만 머뭇거렸다. 나는 서른 번도 넘게 초인종을 누르려다 말다 반복하다, 엉겁결에 초인종을 누르고 말았다. 그 소리에 나 스스로 얼마나 놀랐는지 모른다. 멍하니 서 있을 때 영지가 문을 열었다.

"영지야, 어제 내가 말을 너무 심하게 했어. 나 때문에 많이 마음 아팠지? 내가 미안해……."

그러나 영지는 나랑 눈도 마주치지 않고 말했다.

"내 마음 아픈 걸 왜 네가 신경 써? 생일잔치 해야 하니까 그만 가."

나는 선물과 카드를 영지 가슴에 와락 안기고 뒤돌아 뛰었다.

집에 온 나는 오후 내내 떨리는 마음으로 핸드폰만 쳐다보았다. '영지가 내 마음을 받아주지 않으면 어떡하지…….' 라는 불안감이 머리부터 발끝까지 휘감았다.

'우리 이제 다시 친구가 될 수 없는 걸까?'

눈물이 핑 돌았다. 그때, 영지한테서 전화가 왔다.

"미소야, 친구들이 다 가고 나 혼자 남았을 때 네가 준 카드를 몇 번이나 읽었어. 그때는 정말 자존심이 상했었거든. 그런데 네가 먼저 화해의 카드를 줘서 고마워. 보라랑 우리 셋이 만나서 진짜 생일 잔치 할래?"

"당연하지! 세 번도, 열 번도 더 할 수 있어! 지금 당장 나갈게!"

잠시 뒤, 우리는 아파트 옆 편의점에서 만났다. 그동안 아무 일도 없었던 아이들처럼 서로 손을 잡고 흔들며 좋아했다.

"얘들아. 내가 고양이 마을도 보여주고, 레오 소장이랑 쿵이도 소개해 줄게."

"고양이 마을? 레오 소장? 쿵이? 새로 나온 웹툰이야?"

두 친구가 물었다.

"가보면 알아! 고양이 마을에서 진짜 생일잔치 한번 더하자!"

나는 두 친구에게 화해의 선물을 하고 싶은 마음에 앞장서 걸었다. 그런데 공원 숲에는 아무것도 없었다. 고양이 마을도, 쿵이네 집도, 고양이 그녀도, 마음연구소랑 레오 소장도…… 낡고 빨간 우체통만 제자리를 지키고 있었다. 우체통을 살펴보던 나는 깜짝 놀랐다. '마음 우체통.'이라는 글자도 지우개로 지운 듯 보이지 않았다.

"미소야, 고양이 마을이 정말 있는 거야? 웹툰이랑 착각하는 거 아니야?"

두 친구가 계속 물었지만, 나는 대답 대신 공원 숲 안으로 달려가 며 외쳤다.

"레오 소장님! 쿵이야!"

그때, 불쑥 나타난 길고양이가 나를 휙 쳐다보고는 재빠르게 수풀 속으로 들어갔다.

아주 짧은 순간이었지만, 나는 분명히 보았다. 고양이 목에 노란 줄무늬가 있는 것을.

나는 고양이를 뒤쫓아갔다.

아니, 우리 셋이서 같이 뛰었다.

수상소감

김 란

풍성한 자연이 문학적 감성 듬뿍 줬다

어린 시절의 나에게 가장 먼저 축하를 건넸습니다.

저는 제주도 대정읍의 딸부잣집의 막내로 태어났습니다. 언니들은 일찍이 모두 제주시로 나갔습니다. 그래서 집에는 어머니와 막내인 저만 남았지요. 늘 외로웠습니다.

동네 맨 안쪽에 위치한 집은 큰길에서 좁은 돌담길을 꼬불꼬불 한참 걸어 들어가야 합니다. 여름이면 혼자 집 뒤편 들판에 돌담마다 알사탕처럼 줄줄이 매달려있는 빨간 산딸기를 입 주위가 새빨개지도록 따먹고, 가을이면 까만 씨를 잔뜩 품고 있는 다디단 하얀 으름을 따 먹으며 토끼처럼 온 들판을 쏘다녔습니다. 밤에 잠을 자려고 눈 감으면 바다에서 파도 소리가 아스라이 들려왔습니다. 낮에는 들리지 않던 파도 소리가 밤이면 자장가처럼 들려와 외로웠던 내 마음을 토닥여줬습니다.

돌이켜보면 혼자 외로웠지만, 나의 친구였던 풍성한 자연이 문학적 감성을 듬뿍 준 것 같습니다. 동화를 쓰기 시작한 지 참 많은 시간이 지났습니다. 그동안 틈만 나면 주말에도 집을 빠져나가 도서관에서 글을 썼고, 가족에게 늘 미안했습니다. 열심히 해도 잘되지 않는데 차라리 집으로 가서 가족과 시간을 보낼까, 이런 갈등을 수도 없이 했습니다.

그러나 남편과 두 딸이 이해하고 격려해줬습니다. 진심을 다해 오랫동안 나의 첫 독자였던 두 딸과 남편에게 고마움과 사랑을 전합니다. 그리고 어떤 경우에도 나를 안아주는 어머니와 언제나 내 편인 언니들에게도 사랑을 전합니다. 내게 항상 힘이 되어준 친구들에게도 고마움을 전합니다.

이제 날개를 단 제 이야기가 어느 세상에 가 닿을지 몹시 궁금합니다. 문을 열고 나가서 모든 사람에게 인사하고 싶습니다.

깔끔하고 징검다리처럼 놓인
감각적인 문장

올해도 신춘문예라는 대문을 두드리는 소리는 요란했다. 여느 때보다 젊은이들의 참여가 늘었다는 것을 금방 알 수 있었다. 웹툰이나 웹소설류의 작품, 청소년 대상의 판타지 소설 분위기가 물씬 풍기는 작품들이 눈에 많이 띄었기 때문이다.

한편으로는 로봇, 게임, 메타버스, 유튜브, 신종 코로나바이러스 감염증(코로나19)으로 일어난 가족의 어려움을 적극적으로 이야기하는 작품들도 작년에 비해 훨씬 늘어났다. 마지막까지 거듭 읽은 '큰일이야, 엄마가 TV에 갇혔어!', '그분이 오셨다', '전 재산 잃은 날', '별 다섯 개'도 그렇다. 이 작품들은 공통적으로 어른, 아이 세계를 아우르는 신선한 이야기를 촘촘하게 펼쳐갔기에 글쓴이들이 성실하게 문학의 길을 가고 있음을 금방 알 수 있었다. 다만 문장의 완성도가 부족하고, 짜지도 달지도 맵지도 시지도, 그리고 쓰지도 않은 문장의 무미함이 큰 걸림돌이 됐다. 게다가 자주 어른의 시선으로 아이들의

마음을 헤아리는 작가의 개입이 강해 이야기가 지루해지거나 소재를
잘 살리지 못한 점이 아쉬웠다.

　당선작으로 뽑은 '아무 일도 아닌 것 같지만'은 묵직하거나 거창해
보이는 이야깃거리가 아니다. 그저 툭 던진 말 한마디로 아이들의 마
음에 금이 가면서 등장인물들은 저마다 자기 마음의 공간 안에서 움
직이기 시작한다. 군더더기라고는 거의 보이지 않는 깔끔하고, 징검
다리처럼 놓인 감각적인 문장. 그래서 아무 일도 아닌 것 같은 일로
시작된 상처를 마음의 흉터가 아닌 서로가 더 예쁘고 고맙게 보이는
별로 만들어 준다.

심사위원 송재찬 · 노경실(동화작가)

매일신문

지 윤 경

1986년 충남 서산 출생
단국대학교 문예창작과 졸업
현 초중 독서 논술 지도
2022 〈매일신문〉 신춘문예 동화부문 당선
1014yang@naver.com

지켜보고 있다

지 윤 경

'안개 때문이었구나.'

이미 일어난 지 오래지만 어두컴컴한 기분에 계속 눈을 감고 있었다. 한참 만에 일어나 창밖을 보니 안개가 잔뜩 끼어 있었다. 그제야 오늘이 월요일이라는 생각이 들어 핸드폰을 보았다. 9시 30분, 이미 지각이다. 부재중 전화 10통이 와 있었다.

엄마 8통, 담임 2통.

머리카락과 얼굴에 대충 물을 묻히고 컴퓨터 앞에 앉았다. 수업에 접속하면서 엄마에게 문자를 보냈다.

'늦잠 잤어. 미안.'

내가 늦잠을 잔 것이 엄마에게 미안할 일인가 잠시 생각했다. 수업에 접속하고 담임선생님께 보내는 채팅창에도 죄송하다는 말을 남겼다.

"도윤지 학생, 내일부터 일찍 일어나서 접속하세요."

담임선생님은 건조하게 대답하고 수업을 진행했다. 모니터에 나와 있는 안내를 보고 국어 49쪽을 폈다. 내 화면은 검정 바탕에 '도윤지 5학년 2반 12번'이라고 떠 있었다. 노트북 카메라를 켰다. 미처 정리되지 못한 해쓱한 얼굴이 떴다. 나는 얼른 카메라 위치를 바꾸었다. 화면에는 숱이 많고 까만 앞 머리카락만 보였다. 마음이 좀 편했다.

'위잉' 내 방에 설치된 캠이 움직였다. 먹잇감을 찾는 육식 동물의 움직임 같다. 빨간 불이 들어왔다. 지켜보던 엄마가 말을 시작하겠다는 신호다.

"윤지야, 엄마가 몇 번을 전화 했는지 알아?"

'8번.'

나는 혼자 중얼거렸다.

"엄마 회의가 있어서 계속 못 깨웠어. 어제 늦게 잤어? 왜 이렇게 늦게 일어났니?"

"안개 때문에."

"어? 뭐라고? 싱겁긴. 윤지야, 당분간은 계속 화상으로 수업할 것 같아. 엄마가 수시로 보고 있는 거 알지? 딴짓하지 말고! 점심은 식탁에 차려놨어. 오후에는 영어 수업이랑 독서 모임 있는 거 알지? 화상수업 주소 너한테 올 거야. 확인하고 제시간에 들어가. 알았지? 아, 엄마 일하러 가봐야겠다. 그럼 이따 보자."

'이따 보자. 이따 언제 볼 수 있지? 내일? 모레? 매일 내가 잠들면 들어오면서…….'

내가 미처 대답도 하기 전에 빨간 불은 꺼졌다. '위잉' 캠은 내가 잘 보이도록 방향을 잡았다. 난 잠시 카메라의 중앙을 쳐다보았다. 카메라 안에 깊은 눈동자가 보이는 것 같았다. 저 안을 깊이 들여다보면 마치 엄마와 눈이 마주치는 것 같은 생각이 든다. 지금 엄마도 나의 눈을 바라보고 있을까.

"도윤지. 지금 어디 보고 있니? 늦게 왔으면 수업에 더 집중해야지. 50쪽 '친구들과의 올바른 대화' 윤지가 읽어 보세요."

노트북에서 내 이름이 들려왔다. 나는 온기가 없는 카메라 눈동자에서 시선을 거두고 국어책을 읽었다. 국어책 단원은 아이러니하게도 '친구들과의 올바른 대화'였다. 친구들과 만나지 못하는 날이 더 많은데 올바른 대화라니 나도 모르게 피식 웃음이 새어 나왔다.

내가 기억하는 나는 늘 조용했다. 우리 가족은 말이 별로 없었다. 아빠도, 엄마도 그냥 침묵이 일상이었다. 아빠와 따로 살기 시작하고 우리 집은 더 고요해졌다. 엄마는 고요한 것에 익숙했지만 조용한 나를 보며 걱정을 하곤 했다. 엄마의 걱정대로 학교는 호락호락하지 않았다. 친구들에게 말을 걸기도 힘들었고 무슨 말을 걸어야 하는지도 잘 몰랐다. 까르르 참새들처럼 몰려다니는 아이들이 시끄럽기도 했지만 부럽기도 했다. 나도 저 참새들 중 한 마리가 되고 싶다고 생각했다. 사람들 눈에 별로 띄고 싶지 않았는데 혼자 오도카니 앉아 있는 나는 더 선명해 보이는 것 같았다.

학교는 미세먼지가 최악이거나, 독감이나 장염 등 어떤 바이러스가 돌거나, 자연재해가 있거나, 학교 공사를 하거나, 대면 수업이 어려운 날에는 화상수업을 했다. 학원들도 마찬가지였다. 학교 방침에 따라서 그날그날 변경되는 경우가 많았다. 친구들과 조금 친해졌다는 생각이 들면 어느새 화상수업으로 대체 되었다. 새 친구를 사귀는 것이 두려웠던 나는 차라리 잘됐다는 생각을 하기도 했다. 그렇게 5년이라는 시간이 지나자 마음속에 뿌연 안개가 끼어 있는 것처럼 늘 답답했다.

'위잉' 점심시간에 맞춰서 캠이 움직인다. 눈에 빨간 불빛을 번뜩이며 나를 찾는다. 내 생활에 맞춰서 엄마는 알람을 10개도 넘게 맞춰 놓았다. 아빠도 없이 일과 육아를 혼자서 해내는 엄마는 어쩔 수 없다고 했다. 엄마의 고군분투하는 정성에 나도 불편함을 감수하고 따라주기로 한 것이다.

"수업 끝났니? 점심시간이지? 밥솥에 밥 뜨고, 국 1분만 데워서 먹어."

"응."

'위잉, 위잉, 위잉' 거실과 부엌에 여러 개의 눈동자들이 나를 찾는다. 우리 집 구석구석 모든 곳에 캠이 설치되어 나를 지켜보고 있다. 심지어 화장실까지도. 엄마의 이유는 그럴듯하다. 혹시 내가 화장실에서 넘어질지도 모른다는 것이다. 맞는 말이다. 하지만 그럴 확률이 얼마나 될까. 답답하긴 하지만 그 역시도 받아들이기로 했다.

'띠띠띠' 전자레인지 소리다. 국이 다 데워졌다. 반찬이 몇 개 되지 않지만 깔끔하게 차려진 밥상을 바라본다. 아침도 먹지 않아서 배가 고팠지만, 입맛이 없었다. 밥을 조금씩 입에 넣고 씹다가 국물을 넣어 넘겼다. '위잉' 캠과 눈이 마주쳤다. 나는 입 모양으로 속삭였다.

'뭘 봐.'

캠은 '위잉' 몇 번의 숟가락질을 바라보더니 이내 빨간불이 켜졌다.

"먹는 게 그게 뭐야. 푹푹 먹어야지. 남기지 말고 다 먹어. 그리고 크게 말해. 잘 안 들리네?"

"응."

조금 힘찬 척을 하며 몇 숟가락을 더 먹었다. 캠은 그제야 조용했다.

2시 40분. 길었던 화상수업이 끝났다.

"종례합니다. 여러분 알다시피 지금 우리 학교 6학년 친구가 원인모를 고열로 입원했어요. 혹시 모르니 사람들과의 접촉을 피하고 마스크를 꼭 착용하고 외출하세요. 이상입니다. 내일 화상수업 늦지 마세요."

늦지 말라는 것이 나에게 하는 말 같아서 나도 모르게 고개를 끄덕였다. 그 오빠에겐 미안한 일이지만 결과가 나오기까지 더 오랜 시간이 걸렸으면 좋겠다. 학교에 가는 불편함을 줄일 수 있으니까.

'윙, 윙, 윙, 윙, 윙……'

종례가 끝나자 우리 반 단체 채팅방에 불이 났다. 6학년 오빠가 전염병이라더라, 열이 40도가 넘었다더라, 5학년 누가 접촉을 했다더라, 어디 아파트라더라……. 아이들의 이야기를 멍하니 보고 있을 때 채팅창에 내 이름이 떴다.

'윤지야, 아침에 왜 지각했어? 어디 아픈 건 아니지?'

단체 채팅방에 수없이 쏟아지던 이야기들은 갑자기 정지되었다. 그리고 내 대답을 기다리고 있었다. 나는 당황했다. 갑자기 내 안부를 묻는 것이 이상했다. 그것도 나랑 한 번도 대화를 나눠본 적이 없는 노정은이었다. 나는 답을 적어야겠다고 생각하고 핸드폰을 들었다.

'나 안개가……'

대답을 적다가 지웠다.

'그냥 늦잠 잤……'

채팅방에 더듬더듬 대답을 쓰고 있는데 '위잉' 카메라에 빨간 불이 들어왔다.

"윤지야, 수업 끝났니? 수업 끝나자마자 핸드폰만 보고 있네?"

"……."

별다르게 할 말이 없어서 대답을 하지 않았다. 길게 설명할 말도 없었지만 길게 내 말을 들어줄 사람도 없으니까. 묵묵히 있으니 엄마가 다시 입을 뗐다.

"윤지야, 핸드폰 그만하고. 지금 45분이니까, 13분만 쉬고 2분 전에는 영어 수업 접속하도록 해. 화장실 다녀오고. 간식은 영어 끝나고 먹어. 영어 숙제는 다 했지?"

"응."

그래도 단답형 대답은 잘 할 수 있다. '응, 아니' 둘 중에서도 '응'

이 훨씬 편하다. 뒤에 돌아올 '왜'라는 물음에 대답을 하지 않아도 되니 대화가 훨씬 짧아진다.

핸드폰 채팅방을 다시 켜니 이미 다른 이야기들로 덮여 있었다. 새 알람이 238개.

'그냥 늦잠 잤……'

보내지 못한 내 말이 그대로 멈춰 있었다.

학원 수업까지 마치니 벌써 해가 져있었다. 독서 수업을 마치고 의자에서 일어났다. 온몸이 굳어 있는 것처럼 잘 움직여지지 않았다. 마치 기계 움직임처럼 삐그덕 거리며 기지개를 켰다.

'위잉' 빨간 불이 들어왔다.

"이제 끝났구나. 고생했어. 저녁은 어떻게 할래? 엄마는 12시는 넘어야 할 것 같아. 저녁 혼자 먹어. 밀키트 냉동에 많은데 골라서 먹을래?"

"응. 아니, 잠깐 나갔다 올래. 내가 사 와서 먹을게."

"그냥 집에 있는 거 먹지. 뭘 나가."

"잠깐 걸을래. 너무 답답해."

"그래. 알았어. 나갈 때 연락하고 나가."

"응."

특별히 먹고 싶은 게 있었던 것은 아니다. 그냥 잠시 밖에 나가고 싶었다. 온통 기계 소음만이 들리는 집에서 이젠 나까지 기계가 되어 버릴 것 같았다.

집 밖을 나온 지 얼마 되지 않아 '띠링' 핸드폰 소음이 나를 따라 걸었다.

'나갈 때 연락하라니까. 핸드폰 위치 보니 벌써 나갔네? 조심해서 다녀와.'

'하여튼 빨라.'

밖으로 나오니 딱히 갈 곳이 없었다. 갑자기 허기가 밀려오면서 매운 것이 먹고 싶어졌다. 지난 번 엄마랑 갔던 간편 요리 전문점에 가서 떡볶이 밀키트를 사야겠다고 생각했다. 간편 요리 전문점은 직원 없이 무인으로 운영된다. 여기저기 카메라가 달려있었다. 떡볶이는 치즈, 매운맛, 순한 맛 세 가지가 있었다. 매운맛은 얼마나 매운지 묻고 싶었지만 물을 사람이 없었다. 물을 사람이 있다고 해도 내가 물어볼 수 없었을 것이라 위로하며 무인 계산기 앞에 섰다.

'물건을 올려 주세요. 카드를 꽂아 주세요. 결제가 완료되었습니다. 카드를 빼 주세요. 안녕히 가세요.'

무인 계산기에서 흘러나오는 기계음에 따라 몸을 움직이다 보니 말 잘 듣는 로봇 같기도 했다.

매콤한 떡볶이를 먹고 나면 아이스크림을 먹는 것이 수순이다. 오는 길에 아이스크림 판매점에 들렀다. 이곳도 역시 무인 판매점이다. 원하는 아이스크림을 담고 계산기 앞에 섰다.

'아이스크림을 바코드에 찍어주세요.'

"알거든?"

갑자기 대답이 나왔다. 풉, 갑자기 나온 장난스러운 말투에 나 자신도 웃겼다.

'아이스크림 개수를 확인하시고 결제 버튼을 눌러주세요.'

"그래, 알았다니까!"

'결제 중입니다. 잠시 기다려주세요.'

"싫은데?"

'카드를 뽑아주세요. 안녕히 가세요.'

"그래, 잘 있어라. 멍청이 로봇아."

혼자 웃으며 아이스크림을 봉투에 담았다. 뒤를 돌자 내 또래 여자아이가 참았던 웃음을 터트렸다.

"하하하."

한참을 배꼽을 잡으며 웃는 아이를 빨개진 얼굴로 바라보았다. 도망가 버리고 싶었지만, 몸이 굳어진 것처럼 움직여지지 않았다.

"하하, 아, 진짜 웃긴다. 아 웃음 참느라고 혼났네. 지켜보는 사람은 이런 기분이구나. 아, 미안. 너무 웃었지? 아니, 널 비웃은 게 아니고 나도 맨날 그러거든. 나도 여기서 대답하면서 아이스크림 산다고."

"아……."

안심 섞인 대답이 새어 나왔다. 그 아이의 웃는 모습을 한참 보고 있느니 나도 바람 빠지는 풍선처럼 피식피식 웃음이 났다. 참 오랜만에 사람과 함께 웃었다.

"너무 하루 종일 말을 안 해서 답답했나 봐."

핑계를 대야 할 것 같아서 말했다.

"맞아! 나도 그래. 지난주는 미세먼지, 이번 주는 전염병? 아, 진짜 답답해. 근데 학교에서 본 것 같은데, 너도 5학년이야?"

"응. 너도?"

"응! 반가워. 계산하고 같이 나가자. 난 심희윤이야. 넌?"

"난 도윤지."

우리는 계산을 하며 한 번 더 깔깔깔 웃었다. 아이스크림 판매점을 나와 집으로 가던 발걸음을 돌려 놀이터로 향했다. 해가 지고 있었고 아이스크림이 녹고 있었지만 괜찮았다. 엄마에게 오는 메시지 알람이 계속 떴지만, 그것도 상관하지 않았다.

"하하하"

희윤이의 따뜻한 웃음소리가 들렸다. 가슴속에 껴있던 안개가 걷히는 기분이었다.

수상소감

지 윤 경

아이들과 책을 읽고 이야기를 나누는 일을 하고 있습니다. 벌써 두 해째 전염병이 지속되다 보니 아이들의 마스크 벗은 얼굴이 잘 기억나지 않네요. 심지어 수업을 시작하고 한 번도 온 얼굴을 보지 못한 친구도 있습니다.

하지만 아이들을 만날수록 희망이 느껴집니다. 마스크 너머로 맑은 목소리를 들을 수 있었고, 가려진 얼굴 사이로 싱그러운 눈웃음과 명랑한 기운을 느낄 수 있었습니다. 아이들은 우리가 생각하는 것보다 스스로 적응하고 극복하는 힘을 가지고 있더라고요. 아이들의 희망찬 걸음에 조금이나마 힘을 보탤 수 있는 어른이 되고 싶습니다.

동화를 시작하면서 어린 시절 웅크리고 있던 '나'에게 잘했다고, 기특하다고 칭찬해 줄 수 있어서 참 다행이었습니다. 내 글을 읽는 아이들이 주인공을 통해 때로는 칭찬을, 때로는 위로를, 때로는 친구를 얻기를 바랍니다. 앞으로 열심히 글을 써서 더 많은 친구들을 만나겠습니다.

늘 나를 지지해주는 우리 남편과 태민, 태현이 정말 사랑합니다. 저를 믿고 기다려주시는 부모님과 시부모님, 공동육아 중인 우리 아가씨 항상 감사합니다. 활력소가 되어주는 우리 독서 논술 학생들 고마워요. 정호준 선생님, 김리리 작가님을 비롯한 미작모 문우 선생님들, 그리고 나를 믿어주는 그녀들이 있기에 지금까지 제가 달릴 수 있었습니다. 어릴 적부터 막연했던 저의 꿈을 실현시켜 주신 매일신문 신춘문예 심사위원님께 깊은 감사의 마음을 전합니다.

달리기를 시작하기 전 '출발!' 소리는 언제 들어도 떨리고 긴장이 되어 위축되곤 했어요. 하지만 새로운 출발선에 있는 지금 설렘으로 가득합니다. 이제 달리기를 시작해보겠습니다.

완성도 높은 작품을
만난 기쁨

전국에 걸친 지역, 다양한 연령대에서 응모된 작품을 읽고 난 뒤에 온 느낌은 질적으로 완성도 높은 작품이 많다는 점이었다. 그러나 한 가지 아쉬움은 동화문학에 대한 기본 인식이 좀 더 필요하다는 것이었다.

동화는 아이들의 귀여운 모습이나 재롱을 옮겨 적는 게 아니다. 동화는 문학이 가져야 할 보편성과 특수성을 함께 지니고 있을 때 그 존재 가치가 있음을 밝혀두고자 한다. 그림형제가 첫 작품집에서 붙인 부제가 어린이와 가정을 위한 이야기였다. 어린이가 주독자인 것은 맞지만 가족이 함께 읽고 감동을 공유하는 게 동화의 특성임을 잊지 말았으면 한다.

몇 차례 거듭 읽으며 동화문학의 본질에 다가선 작품들을 골라보았다. '머릿속에 내리는 눈', '순이', '은수 이모', '그날 서점에서', '지켜보고 있다', '실내화 도둑 사건', '가만히 젤리' 등이 끝까지 남았다.

'실내화 도둑 사건'은 인물의 심리 상태를 자연스럽게 따라가는 점이 좋았다. 그러나 그 자연스러움이 자칫 평이해질 수도 있겠다는 생각이 들 정도로 결말이 조금은 답답하게 느껴졌다.

'가만히 젤리'는 환경미화원인 아빠와 단둘이 살아가는 소민이의 이야기였는데 아이들의 심리에 따른 3단계 구성법을 차용하였다. 젤리를 매개로 현실과 환상으로 옮겨가는 과정이 자연스러웠다. 그러나 문제는 이러한 이야기 구조가 신선하지 않다는 점이었다.

'지켜보고 있다'는 전염병으로 인한 비대면 수업이 아이들에게는 오히려 곳곳에 눈을 두고 사는 시대가 되고 만 것을 보여주었다. 누구나 공감할 수 있는 내용이었다. 기계적으로 오가는 담임과의 대화, 일일이 자녀의 일상에 관여하는 어머니, 지시에 길들여진 윤지와 희윤이가 보여주는 마지막 반전은 읽은 이를 통쾌하게 만들었다. 흩어짐과 모아들임이 이어지는 전개 방식과 구성은 글솜씨가 만만치 않음을 느끼게 해주었다. 당선작으로 뽑는데 망설이지 않았다.
앞으로 더 따뜻하고 빛나는 작품으로 독자들에게 다가가기를 기대해 본다.

심사위원 김일광(동화작가)

무등일보

김 태 희

서울 출생
한양대 철학과 졸업
2006 MBC예능공채작가
2022 〈무등일보〉 신춘문예 동화부문 당선
lush0709@hanmail.net

외로움담당관

김 태 희

밀려드는 아침햇살이 어둠의 그림자를 몰아냈다. 나는 눈이 부셔 일어는 났지만 침대에 누워 있었다. 그러다 벌떡 일어나서 이 방 저 방을 열어 보았다. 역시나 엄마가 없다. 빈 가슴에 외로움이 차올라 양손 가득 과자를 움켜쥐고 먹기 시작했다. 그렇게 하면 마음이 조금은 편해진다. 과자를 양 볼 터지게 넣고 우걱우걱 먹고 있는데 고모가 들어왔다.

"이수민! 너 또 과자 먹어? 대체 어떡하려고 그러니?"

엄마 빈자리를 채우겠다고 우리 집으로 들어온 고모는 나만 보면 살을 빼라고 난리다. 나는 골드미스인 고모와 툭하면 다툰다. 회사에서 받은 스트레스를 나에게 푸는 게 아닌가 싶을 정도이다. 고모 잔소리에 화가 나서 소리를 꽥 질렀다.

"놔둬. 놔두라고. 내가 과자를 먹든 말든 고모가 무슨 상관인데?"

"다 너를 위해서지. 체중계 올라가봐."

나는 마지못해 체중계에 올라갔다.

"6개월 새 10킬로가 찐 거 정상 아니야. 가서 뜀이라도 뛰고 와."

"아, 진짜 짜증나게 하네."

나는 손에 움켜쥐고 있던 과자 봉지를 홱 던져버리고 나왔다. 과자 부스러기가 사방으로 날렸다.

"집에서 과자 하나 맘 편히 먹을 수가 없어."

사실 나에게는 혼자만의 숨은 공간이 있다. 바로 계단이다. 고모가 내게 걷거나 뛰라고 할 때 나는 혼자 계단을 조용히 오르락내리락 해왔었다. 과자를 우물거리며 이 집 저 집 관찰하다 보면 14층까지 힘든지도 모르게 오르내릴 수 있다.

1층 경비실에는 아저씨가 순찰을 나갔는지 아무도 없었다. 막 계단을 오르려는데 902호 민희 엄마 목소리가 들려왔다. 민희는 3년째 나와 같은 반인 친구이다. 예전에는 어울려 잘 놀았지만 지금은 만나면 서먹한 사이가 됐다.

"수민이구나. 오랜만이다. 이제 좀 괜찮니?"

나는 뭐라고 대답해야 할지 몰라서 망설였다.

"산 사람은 산다고. 시간이 이렇게 빨리 흐른다니까. 예전처럼 말도 많이 하고 풀 죽지 말고 어깨 딱 피고 다녀. 이수민 파이팅!"

"네."

저런 말들이 나를 더 풀 죽인다는 걸 저 아줌마는 절대 모르겠지. 나는 예전에는 우리 동네 수다쟁이였지만 요즘은 필요한 말만 짧게 하는 편이다.

계단을 오르다 보면 층마다, 아니 집마다 냄새가 다르다. 요즘은 이웃이 단절되어 삭막하다고는 하지만 서민적인 우리 아파트는 계단 문 밖마다 사람 냄새가 난다. 202호는 지나가는 거 자체가 괴롭다. 집 주변에만 가도 담배 냄새가 심해 숨을 참아야 한다. 402호에서는 아기 젖 냄새 같은 게 나는 듯하다. 문 앞에 쌍둥이 유모차며 붕붕카도 나와 있다. 쌍둥이 아이가 자고 있으니 벨을 누르지 말라는 문구가 있어서 도둑고양이처럼 살금살금 지나간다.

601호에는 할머니가 한 분이 사시는데 그 집에서는 똥냄새가 난다. 이제는 그 냄새가 청국장 냄새라는 걸 안다. 할머니는 평소에 내가 학교에서 끝나고 집으로 올라가는 시간을 알고 있기라도 한 것처럼 때맞춰 나와 꼭 알은체를 한다. 문제는 매번 청국장을 먹고 가라고 한다. 오늘도 잡히지 않으려고 뛰어 올라가고 있는데 할머니 목소리가 들려왔다.

"왔어?"

"엄마 깜짝이야."

나는 깜짝 놀라 자라처럼 목을 움츠렸다. 엄마도 없는데 엄마라니. 괜히 민망했다.

"수민아, 오늘은 들어와서 밥 먹고 가. 청국장 끓이고 조기 맛있게 구워놨어."

"아… 아니 괜찮아요."

"지금 뜨듯해서 맛있을 텐데. 어차피 이제 점심 먹을 시간이잖아."

사실 601호 할머니는 우리 엄마하고 친했던 분이다. 엄마는 할머니를 친정엄마 대하듯 살뜰히 보살폈다. 할머니도 엄마를 딸처럼 여기며 새로 담근 된장이며 고추장, 멸치 액젓 같은 것을 나눠주기도 했다. 할머니는 우리 엄마를 알기 전까지는 아파트에 아는 사람이라곤 아무도 없었다. 그러다보니 우두커니 복도 창으로 놀이터에서 놀고 있는 아이들만 바라보던 할머니였다.

"할머니, 저 인강 들어야 해요."

"인감?"

"아니, 인강이요."

"뭔진 모르겠다만 다음엔 꼭 시간 내주렴. 수요일은 너 학교에서 일찍 끝나는 거 다 알고 있어."

"네."

할머니는 적어도 수요일의 내 하루 스케줄을 다 알고 있는 게 확실했다. 할머니가 왜 이렇게 나하고 밥을 먹자고 하는지 모르겠다. 게다가 청국장이라니! 내 뒷모습을 바라보는 할머니의 시선이 느껴져서 두 칸 씩 뛰어 올라갔다.

그날은 갑자기 하늘에 구멍이라도 난 듯 비가 쏟아졌다. 예고 없이 쏟아진 비에 교문 밖은 엄마들로 가득 찼다. 아이들은 뛰어가 엄마 품으로 들어갔다. 마치 자석의 N극이 S극에 붙듯 엄마에게 찰싹 찰싹 붙었다.

문득 엄마가 해준 감자전이 떠올라 배가 고파졌다. 비가 오는 날이면 엄마는 항상 감자를 갈아서 도톰하게 감자전을 부쳐주었다. 투박하게 생긴 감자전이었지만 시큼한 식초간장에 찍어 한 입 먹으면 입 안에서 살살 녹았다.

그때 저 멀리 누군가 다가오는 게 보였다. 601호 할머니였다.

"수민아! 수민이 맞네."

"하… 할머니?"

잠깐의 빗줄기 속에 내 몸은 흠뻑 젖어있었다. 이런 나를 안쓰럽게 바라보며 할머니는 우산을 건넸다.

"비 맞으면 감기 걸려. 빨리 써."

"할머니가 여긴 어떻게 오셨어요?"

나는 할머니가 내미는 우산을 받아들었다. 축축하게 젖어 으슬으슬 춥던 몸이 우산 덕분에 더 이상 춥진 않았다. 우리는 조금 떨어진 채로 걸었다. 아파트 입구에 도착하자 할머니가 말했다.

"수민아, 오늘은 학원 없지? 우리 집에 가서 놀다 밥 먹고 가."

"네."

오늘은 도저히 거절할 수 없었다.

601호 현관이 열리고 어김없이 청국장 냄새가 코를 찔렀다. 거실 벽면에 액자가 굉장히 많았다. 아들, 며느리, 손녀 사진이었다. 할머니는 어딘지 모르게 들떠보였다.

"내 손녀 예쁘지? 지금은 대학생이야. 그 어렵다는 법 공부를 한다지 뭐야."

하나밖에 없는 아들이 거의 연락을 안 한다던 엄마 말이 생각났다. 거실 벽면에 빈 곳이 없을 정도로 사진으로 채워진 것을 보니 오히려 외로움을 매단 것처럼 느껴졌다.

할머니는 순식간에 밥상을 차렸다. 청국장에 조기, 불고기, 잡채 등 이런 맛깔난 밥상은 참으로 오랜만이었다.

"수민아. 청국장 한 번 먹어봐. 내가 직접 뜬 거야."

청국장이 썩 내키진 않았지만 한 입 떠먹었다.

"냄새는 좀 그래도 먹을 만하지?"

"네."

구수하고 짭조름한 국물에 깊은 맛의 콩이 부드럽게 씹혀 생각보다 맛있었다.

"네 엄마도 내가 담근 장을 아주 좋아했어. 그 입맛이 어디 가겠니? 너도 똑같겠지."

할머니는 얼굴이 환해지며 이번에는 조기를 발라 내 숟가락에 얹어주었다.

"나라에서 혼자 사는 노인들 보살펴주지만 그래도 외로워. 그런데 네 엄마가 나를 외롭지 않게 해줬단다. 네 엄마가 이런 말을 하던데. 영국에는 외로움담당관이 있다고. 그러면서 자기가 내 외로움담당관이라나 뭐라나. 호호. 그 말이 얼마나 고맙던지."

"외로움담당관이요?"

"그래. 우리 같은 독거노인들은 하루 종일 말 한마디 뱉을 일이 없거든. 그런데 네 엄마가 나한테 말도 걸어주고. 혼자 밥 먹을까 봐 와서 같이 먹어주고 장 보러 가서는 맛있는 거 사다주고. 네 엄마 덕분에 외로울 새가 없었는데 이렇게 나보다 먼저 가버릴 줄이야."

할머니 눈가가 그새 붉어졌다. 그 순간 나도 밥이 목에 걸려 넘어가질 않았다. 꾹꾹 참았던 엄마 생각에 울컥 그리움이 몰려왔다.

"우두커니 밖만 내다보고 살다가 네 엄마 만나서 참 따수웠어."

엄마에 관한 이야기를 하는데 마음에 불편함이 안 느껴지는 건 오랜만이었다.

할머니의 밥을 먹은 그날부터 나는 이상하게 과자가 당기지 않았다. 마치 잃어버렸던 입맛을 찾기라도 한 것처럼 엄마가 해줬던 음식들이 하나하나 생각이 났다. 특히 매콤하고 달달한 닭볶음탕이 생각났다.

며칠 뒤 할머니네로 또 밥을 먹으러 갔다. 열린 문틈 사이로 할머니가 통화하는 소리가 들렸다.

"민수 연락처 바뀌었나봐. 통 연락이 안 되니 원. 그래. 나중에 다시 통화 해."

할머니는 코를 훌쩍이며 재빨리 전화를 끊었다.

"수민이 왔구나. 배고프지? 빨리 와서 앉아."

청국장이 보글보글 끓고 있는 게 보였다. 나는 할머니가 퍼놓은 밥상 앞에 앉았다. 할머니가 마른행주로 감싼 뚝배기를 조심스럽게 내려놓았다. 할머니 집을 지나갈 때면 풍기던 고약했던 냄새가 어느새 구수하게 다가왔다.

"수민아, 요즘 이 할미가 얼마나 기분이 좋은지 몰라. 앞으로 더 자주 와서 이 할미 외로움담당관 해주련?"

나는 고개를 끄덕였다. 그리고 꾹꾹 눌러두었던 말을 겨우 꺼냈다.

"할머니, 저기…"

"뭔데 그래? 뭐든 말해봐."

"엄마가 해주던 음식 중에 먹고 싶은 게 있는데 할머니한테 말해도 돼요? 고모는 음식을 잘할 줄 몰라서…"

그랬다. 고모는 '먹지 마라, 살 빼라'는 소리만 할 줄 알지 제대로 된 음식으로 내 마음을 달래줄 줄은 몰랐다. 아침은 고양이에게 사료 주듯 우유에 콘플레이크, 저녁은 즉석식품 혹은 포장된 음식이 다였다. 고모가 가끔 음식을 할 때도 있지만 솜씨는 지독히 나빴다.

"엄마가 닭볶음탕을 잘했었는데 요즘 자꾸 그게 먹고 싶어요. 고추장에 케첩 넣고 하는 거 있거든요."

"아이고! 우리 수민이 예뻐라. 할미가 해주고말고! 내 외로움담당관이 먹고 싶다는데 당연히 해줄 수 있지."

할머니는 기다렸던 말을 듣기라도 한 것처럼 주름진 얼굴을 활짝 펴고 웃었다.

할머니 집에서 신나게 밥을 먹고 나니, 어느새 어둠이 내려앉았다. 할머니가 베란다에 널어놓은 나물거리들을 거두며 말했다.

"모레가 보름이라 달이 저리 커졌네."

창밖으로 환하게 뜬 달이 보였다. 배가 든든히 채워진 것 같은 풍성하고 편안한 달이었다.

수상소감

김 태 희

일하는 엄마로서 마음이 한없이 동동거리고 분주하여 괴로웠던 시절이 있었습니다. 일도 육아도 마음처럼 되지 않아 남몰래 눈물도 많이 흘렸습니다. 어떻게 살아야 할지 도무지 알 수 없어 막막했는데 그때 제 손을 잡아준 게 동화였습니다. 동화를 생각하면 불안했던 마음이 푸근해지고 엄마의 품에 안긴 양 안심이 되었습니다. 동화에서 뿜어져 나오는 한 줄기 따사로운 빛이 좋아 무작정 따라가기로 마음먹었습니다.

일을 마치고 돌아와 어린 딸을 재우고 주로 새벽에 글을 썼습니다. 비록 잠은 모자라고 몸은 힘들었지만 동화 속 세상은 제가 경험한 그 어떤 것보다 즐거웠습니다. 제 마음속 어린아이가 튀어나와 재잘재잘하는 통에 시간 가는 줄 몰랐습니다. 동화로 인해 제 마음에 봄이 왔습니다.

막연히 동화를 쓰고 싶다는 생각만 앞섰던 저에게 마음속 큰 별을 심어주신 김경옥 선생님께 누구보다 감사드립니다. 포기하고 싶었던 순간 동화는 한 땀 한 땀 수를 놓는 것과 같으니 서두르지 말라는 선생님의 말씀 한마디가 저를 붙잡아주었습니다. 그리고 함께 공부했던 글밥아카데미 이야기별 글 벗들에게도 감사의 인사를 전하고 싶습니다.

눈에 보이는 세상은 날로 각박해지고 있습니다. 그 안에서 아이들은 점점 갈 곳을 잃고 있습니다. 누군가는 이런 아이들의 이야기에 귀 기울여주어야 한다고 생각합니다. 힘든 세상, 아이들의 손을 잡아줄 수 있는 동화를 쓰고 싶습니다. 제 글로 인해 아이들이 때론 웃고 때론 희망을 꿈꾸면 좋겠습니다.

아직 많이 부족하지만 저의 가능성을 믿어주신 무등일보 관계자님, 심사위원 선생님께도 깊은 감사의 말씀을 드립니다. 치열하게 노력하여 그 믿음에 보답하는 좋은 동화작가가 되겠습니다.

끝으로 사랑하는 남편 승섭 씨, 엄마 이야기를 누구보다 좋아해 주는 딸 지민이, 꿈을 꿀 수 있는 사람으로 키워주신 부모님, 글 쓰는 며느리를 응원해주시는 시부모님, 나의 소중한 언니와 동생. 어린 시절을 좋은 추억으로 가득 차게 만들어주셨던 할머니께 깊은 감사의 말씀을 전하고 싶습니다.

어린이에겐 성장제,
어른들에겐 치유제

당연한 것이 당연하지 않게 된 세월을 벌써 2년 가까이 살고 있다. 작년만 해도 그 시간이 얼마 가지 않을 거라 생각했지만 예상은 보란 듯이 빗나갔고 다시 신춘 시기가 왔다.

몇 해 동안, 치열하게 공부하며 동화를 쓰라는 쓴소리가 통했는지 이번 응모작들의 수준은 전체적으로 꽤 상향되었고 어린 시절에 겪었던 일을 쓰는 거로 치부했던 동화는 많이 보이지 않았다. 오히려 본격적으로 동화 공부를 한 분들이 응모한 듯해 안심이 됐다.

다루는 소재도 사골 국물 우려먹듯 다루었던 고리타분한 소재보다 이 시대의 아이들의 문제를 가까이 들여다보면서 쓴 흔적이 역력했다. 특히 코로나 관련된 소재들이 눈에 띄게 많았는데 문학적 형상화에 실패한 작품도 있지만 비교적 코로나 시국 속 아이들의 애환을 잘 다룬 작품도 많았다.

이번 공모전에 응모된 편수는 총 111편이었다. 그중 본심에 올린 작품은 총 7편으로 '아빠가 있다', '해시태그 금소거', '편지자판기', '진짜 가족체험학습', '바이러스 때문이야', '그림자 놀이터', '외로움 담당관'이다. 사실 본심에 올 린 작품이 이렇게 많았다는 건 심사위원에게는 행복한 고민이 될 수도 있지만, 당선작을 가리는데 꽤 고충이 따랐다는 것을 의미한다. 그래서 좋은 작품을 빨리 고른 반면에 최종심에 올린 작품을 뽑을 땐 고심했다. 그 끝에 '바이러스 때문이야', '그림자 놀이터', '외로움 담당관'을 골랐다. 보통 오디션에서 심사위원들이 하는 말들 중 우열을 가리기 힘들다는 말을 할 때면 참 식상한 멘트라고 생각했다. 하지만 막상 좋은 작품들을 두고 한 편만 뽑으려고 하니 그 말이 식상한 게 아니라 진심이라는 걸 알게 됐다. 그만큼 이번 최종심에 오른 작품들은 다 당선작으로 밀어도 괜찮은 작품들이라 먼저 내려놨다는 표현은 쓰고 싶지 않고 대신 당선작인 '외로움 담당관'을 뽑은 기준만 언급하려고 한다.

'바이러스 때문이야'는 지금 코로나 정국에 있는 아이들의 애환을 현실적으로 잘 다뤘고, '그림자 놀이터'는 외로운 아이가 주변과 자신의 그림자와 놀면서 외로움을 달래는 동화적 상상력이 뛰어난 작품이었다. 두 편 다 문체도 어느 정도 숙련된 것도 보였다. 그런 측면에서 보면 문체라든가 전체적으로 거친 표현들이 있었던 '외로움 담당관'이 상대적으로 완성도가 떨어질 수도 있다. 그런데도 이 작품을 선정한 건 어린이에겐 성장제, 어른들에겐 치유제가 될 수 있는 동화로는 '외로움 담당관'이었기 때문이다. 영국에서 혼자 사는 사람들을 돌봐주는 외로움 담당관을 엄마를 잃은 아이에게 적용시키면서 외롭고 힘들지만, 서로에게 버팀목이 되게 해주는 이웃 사랑을 잘 보여준 것 같아 울컥했다.

지금은 그 어느 시대보다 외로운 시대다. 예전엔 사람과 사람이 만나 따뜻한 정을 나누고 위로를 주고받았지만, 지금은 그렇게 하는 것이 가장 위험한 일이 돼버렸다. 그래서인지 지금 이 시대에야말로 문학의 힘이 가장 필요할 때가 되지 않았나 싶다. 당선자에겐 축하한다는 말과 함께 모든 응모자들에겐 더욱 힘을 내 앞으로 많은 독자들이 공감하고 위로를 받는 작품을 써달라는 부탁을 하고 싶다.

모든 응모자님들! 한 해 고생 많으셨습니다.

심사위원 임지형(동화작가)

문화일보

정 희

본명 최정희
1968년 서울 출생
가톨릭 대학교 교육대학원 독서교육학과 졸업
2005년 수필 등단, (현재) 독서 · 영화 강사
2022 〈문화일보〉 신춘문예 동화부문 당선
hee—shining@hanmail.net

농구의 신

정 희

골대 아래에서 민우가 손을 흔드는 게 보였다. 나는 공을 달라는 민우의 신호를 무시하고 그대로 슛을 했다. 림을 맞고 나온 공이 맥없이 떨어졌다.

"야, 나한테 줬어야지."

민우가 나를 내려다보며 화를 냈다. 나는 민우를 올려다보며 소리를 질렀다. "내 맘이다. 야!"

감독님이 내 머리에 알밤을 먹였다.

"신우현, 네 위치를 지켜. 득점 욕심부리지 말고."

억울해서 눈물이 핑 돌았다. 하지만 이를 악물고 참았다.

민우가 학교에 나타난 건 일 년 전이다. 오학년에 거인이 전학을 왔다고 소문이 났다. 감독님은 싫다는 민우를 설득해서 농구부에 들어오게 했다. 나는 농구에 대해 아무것도 모르던 민우에게 농구 용어나 규칙을 가르쳐 주고 같이 연습을 했다. 어느새 민우는 나를 제치고 농구부 득점왕이 됐다. 6학년이 되고 바라고 바라던 주장이 되었지만 기쁘지 않았다. 민우 때문에 나는 실속 없는 껍데기 주장이 된 기분이다.

만약 내가 민우만큼 키가 컸다면, 아니 지금보다 5센티미터만 더 컸더라면 득점왕 자리를 지켰을 것이다.

민우는 키만 크다. 175센티미터다. 평소에는 쓸데없이 걸리적거리는 키가 농구장에서는 다르다. 서 있는 것만으로도 상대편에게는 위협적이고 같은 편에게는 든든하다.

나는 뭐든지 열심히 하면 잘할 수 있다고 생각했다. 하지만 키 크는 건 안 됐다. 먹기 싫은 우유와 콩나물을 먹고 규칙적인 생활을 하고 성장호르몬이 나오는 시간이라는 10시부터 잠을 잤는데도 키는 겨우 147센티미터다. 다른 애들이 쑥쑥 자랄 때 내 키는 정지해 있는 것 같다. 넘쳤던 자신감은 방전된 배터리처럼 바닥이다.

속상하고 억울한 마음은 시간이 지날수록 커졌다. 집에 와서도 화는 풀리지 않았다. 침대에 벌렁 누웠는데 등이 너무 아파서 '윽!' 소리가 나왔다. 농구공이 침대에 있다는 걸 깜빡했다.

농구를 시작한 이후로 나는 집 안에서도 농구공을 들고 다닌다. 집에서 드리블이나 슛을 할 수는 없지만 옆에 두고 만지며 감각을 익히기 위해서다. 오늘은 농구공도 걸리적거린다.

게임을 하려고 휴대폰을 켰는데 화면에 처음 보는 앱이 떴다. 이름이 '농구의 신'이다. '농구의 신'이 뭐지? 지금은 농구 생각을 하고 싶지 않았다.

게임을 시작했는데 화면에 뛰어다니는 농구화가 나타나서 신경이 거슬렸다.

'농구의 신' 앱을 삭제했다. 금세 다시 생겨났다. '왜 이러지?' 하고 노려보는데 앱이 저절로 열렸다. 농구화를 사는 곳과 파는 곳만 있었다. 농구의 신이 농구를 잘하게 해준다거나, 신처럼 농구를 잘하는 사람들의 모임인가 했는데 어이가 없었다. 농구를 하는 신발, 그러니까 농구화라는 뜻인가 보다. 어쨌든 나하고 상관없는 앱이었다.

휴대폰을 내려놓으려는데 화면에 농구화 사진이 나타났다.

흰색의 평범한 모양이다. 사이즈는 '프리(free)', 가격은 '무료 드림'이라고 쓰여있다. 양말도 아니고 신발에 크기가 없다는 게 말이 안 된다.

보이킨스 농구화!
세상에 하나밖에 없는
살아있는 농구화가
당신을 선택했습니다

나는 눈을 비비고 다시 봤다. 농구화 사진 아래 깨알 같은 글씨로 쓰여있는 '상세정보'는 건너뛰고 채팅창을 열었다. 농구화가 나를 선택했다는 과장된 말에 속은 것은 아니다. 보이킨스라는 이름을 보자 눈이 번쩍 뜨였기 때문이다.

NBA 단신 가드였던 보이킨스는 나의 우상이다. 키가 작은 나도 농구선수가 될 수 있다는 희망을 준 사람이다. 노력만 한다면 말이다.

판매자 닉네임을 보고 픽, 웃음이 났다.

'뭐야? 마이클 주단!'

마이클 조단이 아니라 주단이라니. 채팅창에 글을 썼다. 농구화에 대해 물어 보기만 하려고 말이다.

안녕하세요? 님이 올리신 농구화에 관심 있습니다. 왜 보이킨스 농구화예요?

글 옆에 있는 점이 없어지지 않는다. 일 분이 십 분처럼 길게 느껴졌다. 이분, 삼 분, 그래도 읽지 않는다. '읽어라.' 내 맘을 안 것처럼 점이 없어졌다.

7시 정각에 학교 체육관 앞에서 만나요.

농구화에 대해 물어보려는 거였는데 다짜고짜 약속 시간과 장소를 말하며 만나자고 한다. 나를 아는 사람인가? 연습 시간을 어떻게 알았을까?

수업 시작 전과 방과 후에는 농구부 전원이 모여 훈련을 한다. 하지만 저녁 7시는 나 혼자 연습하는 시간이다. 나는 남들보다 키가 작으니까 연습을 더 많이 해야 한다. 보이킨스처럼 말이다. 165cm

인 그는 노력을 통해 NBA에서 가장 우수한 가드가 됐다.

학교 체육관으로 가는 발걸음이 빨라졌다.

체육관 앞에 모자를 눌러 쓴 사람이 가방을 들고 서 있었다. 중학생인 것 같은데 마스크 위로 눈만 겨우 보였다.

"마이클 주단님?"

"……."

"감사합니다."

가방을 받으며 얼결에 인사를 했는데 마이클 주단은 아무 말도 하지 않았다. 언뜻 본 눈에 살짝 눈물이 맺힌 듯했다. 하지만 돌아서는 발걸음은 가벼웠다. 나는 그의 뒷모습을 보다가 체육관으로 들어와 불을 켰다.

기대하며 가방을 열었다. '헉'하고 소리를 지를 뻔했다. 농구화는 사진으로 본 것보다 더 더러웠고 아주 낡았다. 무엇보다 너무 컸다. 어디에도 보이킨스 농구화라는 표시가 없었다. 상표명도 아니고 보이킨스의 사인이 있는 것도 아니었다.

마이클 주단인가 뭔가가 나한테 농구화를 버렸나 보다. 짜증이 확 났지만 꾹꾹 눌렀다. 체육관에 왔으니 연습을 하려고 했다. 그런데 농구화가 들어있는 사물함 열쇠를 갖고 오지 않았다. 당연히 보이킨스 농구화를 신을 거라고 생각했기 때문이다.

하는 수없이 왼발을 농구화에 넣었다. 컸다. 오른발을 넣었다. 역시 컸다. 발을 빼려는 순간, 농구화가 내 발을 잡았다. 신발이 움직이는 것이 느껴졌다. 변신 로봇이라도 된 것 같았다. 크기가 줄어

들기 시작하더니 어느새 내 발에 안성맞춤으로 달라붙었다. 크기만 달라진 것이 아니었다. 무지개색으로 색깔도 확 바뀌었다. 어리둥절해서 보고 있는데 농구화 바닥에서 번쩍하고 빛이 났다가 없어졌다.

'농구화가 진짜 살아있어.'

가슴이 터질 것 같았다.

그때, 체육관 문이 열리고 민우가 들어왔다. 뜨거워졌던 가슴이 민우를 보자 가라앉았다.

"꼬마, 연습 안 하고 뭐 하냐?"

민우는 꼬마라는 말을 아무렇지도 않게 뱉었다. 치사하게 남의 약점을 잘도 건드린다. 아까는 감독님 때문에 참았지만 지금은 아니다.

"전봇대, 넌 왜 왔냐?"

가시가 들어간 내 말을 민우가 맞받아쳤다.

"너 연습 잘하나 보러 왔다."

공을 잡은 손에 힘이 들어갔다. 농구공을 세게 던졌다. 공은 그대로 날아가 민우 다리를 맞혔다. '픽!' 소리가 나고 민우 무릎이 꺾였다. 쌤통이다. 이번에는 민우가 공을 주워서 나를 향해 있는 힘껏 던졌다. 나는 기다렸다는 듯이 공을 잡고 골대를 향해 뛰어갔다. 가뿐하게 올라가서 골을 넣었다. 농구화에 날개라도 단 것 같았다.

민우가 나와 공을 번갈아 봤다. 믿기지 않는다는 표정이었다.

"신우현! 어떻게 된 거야."

"뭐가? 나 원래 잘했거든."

말은 그렇게 했지만 쿵쿵 소리가 밖에까지 들리게 가슴이 뛰었다.

"신발에 용수철이라도 달렸냐? 슝슝 올라가는데?"

나는 뜨끔했다. 속마음을 감추려고 오히려 화를 내며 말했다.

"야, 신발이 뭘? 내가 점프력이 좋아지니까 배 아프냐?"

민우는 멀대처럼 서서 눈을 꿈뻑거렸다.

"뭔가 다른데. 어, 그 농구화 처음 보는 거네. 아주 낡았는데?"

"낡았다고?"

"응. 누렇게 색이 바랬고 너한테 커 보여."

나는 신발을 보았다. 분명 무지개색으로 빛나고 있다. 민우 눈에는 변신한 게 보이지 않나 보다. 그게 더 마음에 들었다.

체육관 불을 끄고 밖으로 나왔다. 경비원 아저씨가 문을 잠글 시간이 다 되었기 때문이다. 어두운 운동장을 가로질러 걸었다. 내 머릿속은 농구화 생각으로 가득 차서 민우가 옆에 있다는 것도 잊고 있었다. 민우가 내 어깨에 손을 올리자 정신이 번쩍 들었다. 손을 치우라고 하려는데 민우가 불쑥 말했다.

"부럽다."

밑도 끝도 없이 부럽다니, 무슨 뜻인지 모르겠다. 놀리는 새로운 기술인가 보다. 나는 의심스러운 눈으로 민우를 올려다봤다.

"넌 농구도 잘하고 공부도 잘하는 데다 선생님하고 친구들이 다 좋아하잖아."

풀이 죽은 민우의 말에 당황한 건 나였다. 어떻게 반응을 해야 할지 모르겠다. 처음 농구를 시작할 때 성적이 떨어지면 농구부를 탈퇴하겠다고 엄마와 약속을 했다. 그래서 기를 쓰고 공부를 하고 있지만 아주 잘하는 건 아니다. 인기가 있는 것도 아니다. 그러니까 누군가, 그것도 민우가 나를 부러워할 거라고는 전혀 생각해 본 적이 없다.

"이민우, 뭐냐? 잘난 척이냐?"

센 척하며 말했지만 내 말에 박힌 뾰족하던 가시는 무디어져 있었다.

농구부 전체 연습 시간, 쩌렁쩌렁한 감독님 목소리가 체육관을 가득 채웠다.

"민우, 자세를 낮춰. 인수는 다리를 더 벌려야지. 어깨보다 더."

내 신경은 온통 농구화에 가 있어서 집중이 안 됐다. 빨리 슛을 하고 싶은데, 삼십 분 넘게 스트레칭과 드리블 등 기본자세 연습만 하고 있다.

"우현아, 정면 봐야지."

생각이 흩어지자 시선이 떨어졌나 보다. 감독님은 독심술이라도 하는 것처럼 정확하게 문제를 짚어낸다.

"이번에는 두 명씩 짝지어서 마주 본다."

나는 재빨리 윤호에게 갔다. 바로 옆에 있던 민우하고 짝을 하기 싫어서였다. 어두운 운동장에서 부럽다는 말을 들은 이후로는 민우가 더 불편해졌다.

동화 153

"왼손, 오른손, 하나, 둘, 셋!"

감독님의 구호에 맞춰서 패스 연습을 했다.

이어서 골대 앞에 줄을 섰다. 내가 슛을 할 차례다. 무릎을 굽혔다가 펴는데 몸이 가볍게 올라갔고, 내 손을 떠난 공이 림 안으로 쏙 들어갔다. 짜르르한 느낌이 온몸에 흘렀다.

감독님이 나를 향해 엄지손가락을 들어 보이며 농구부원들에게 말했다.

"주장 플레이 봤지? 키가 작아도 완벽하게 할 수 있잖아."

너무 듣고 싶던 말이었다. 기뻐서 소리라도 지르고 싶었지만 여유 있게 웃으며 말했다.

"감독님, 농구는 신장으로 하는 게 아니라 심장으로 하는 거라고 보이킨스가 말했잖아요."

"그 말은 아이버슨이 했거든."

감독님이 웃으며 내 머리를 흐트러뜨렸다.

농구화가 생긴 다음 농구가 더 좋아졌다. 몇 시간씩 연습을 해도 힘들지 않았다. 보이킨스가 응원하며 함께 뛰는 것 같았다.

나는 연습 시간과 장점, 단점, 수정사항을 기록하는 훈련 일지를 매일매일 썼다. 일지를 쓰며 나를 돌아보고 효율적으로 연습을 하자, 내게도 느껴질 만큼 실력이 부쩍 올라갔다.

"우현아, 농구는 혼자 하는 게 아니야. 다섯 명이 서로 도와서 기회와 찬스를 만들어줘야지. 자기 자리를 지키고 역할을 제대로 했을 때 시합도 잘 풀리는 거야."

감독님 말에 기계적으로 '네!'라고 대답을 했다. 머리로는 알 것 같았지만 마음으로는 이해가 되지 않았다. 어정쩡한 실력인 선수들만 모여있는 것보다 아주 잘하는 선수 한 명이 있는 게 나을 때도 있지 않을까? 그럴 수 있다면 그 한 명이 나였으면 좋겠다.

드디어 농구 대회가 시작되었다.

예선전은 순조롭게 치러졌다. 여유 있게 본선에 올라갔지만 나는 편안하지 않았다. 민우를 향한 마음이 꼬이고 얽혀서 풀어지지 않았기 때문이다.

드디어 결승전 날이 되었다. 나는 정신을 가다듬고 각오를 다잡았다.

서둘러 농구화에 발을 넣었다. 이상했다. 농구화가 꿈쩍도 하지 않았다.

'야, 변신해야지.'

애가 타서 식은땀이 흘렀다.

다른 아이들은 이미 코트에서 몸을 풀고 있었다. '탕, 탕, 탕, 탕' 체육관에 가득 들리는 공 튕기는 소리가 나를 때리는 것만 같았다.

경기 시작 시간이 얼마 남지 않았다. 혼란스러웠다. 짧은 머리카락이 모조리 일어서는 것 같았다.

"야, 신우현, 어서 나와. 얼빠진 사람처럼 왜 그러고 있어?"

감독님이 내게 다가왔다. 배가 아프다고 하려고 했다. 그런데 감독님 얼굴을 보니 차마 말이 나오지 않았다.

"신발이 안 맞아요. 오, 오늘은 못 뛰겠어요."

나는 겨우 중얼거렸다. 감독님은 버럭 화를 냈다.

"갑자기 무슨 말이야? 빨리 나와."

혹시나 하는 마음에 다시 농구화에 발을 넣어보았다. 꿈쩍도 하지 않는다. '농구의 신' 앱에 농구화를 움직이게 할 수 있는 비법이 있을 지도 모른다. 이건 그냥 농구화가 아니니까 말이다.

떨리는 손으로 휴대폰을 꺼냈다. 앱을 열어서 처음에는 읽지 않고 넘어갔던 상세정보를 보았다.

자신감 충전 100% 보장

절실하게 필요한 사람을

보이킨스 농구화 스스로 선택!

물론, 떠날 때도 농구화 마음대로.

유사품에 주의하세요.

'아!' 내 입이 저절로 벌어졌다. 지금 떠날 때라고 생각하는 건가? 안 된다. 이렇게 중요한 순간에 움직이지 않겠다니 미칠 것 같았다.

'한 달만, 아니 한 시간만 더 있어줘. 제발!'

마음속으로 간절하게 말하는데 '농구의 신' 채팅창이 자연스럽게 스르륵 열리더니 질문이 떴다.

정말 보이킨스 농구화예요? 무료 맞아요?

나는 '아니요'라고 쓰려고 했다. 이걸 막으면 농구화가 내 옆에 있을 수 있지 않을까? 그런데 저절로 글자가 쓰였다.

네. 맞아요. 오늘 오후 4시에 전철역 1번 출구 앞에서 만나요.

'농구의 신' 앱이 흔들리는가 싶더니 강한 빛이 났다. 눈을 감았다
가 떴는데 앱은 이미 사라지고 없었다.

나는 입술을 깨물었다. 인정하고 싶지 않지만, 농구화는 나를 떠
나려 하고 있다. 어쩔 수 없다. 농구화를 넣기 위해 가방을 열었다.
그 안에 무지갯빛 카드가 들어있었다.

보이킨스 농구화의 친구
'신우현'

코끝이 찡했다. '고마웠어. 친구!' 나는 진심을 담아 말하고 마지
막으로 농구화를 꼭 안아 보았다. 서운했지만 언제까지나 농구화에
의지할 수는 없다. 스스로 서야 하는 순간이 생각보다 일찍 왔을 뿐
이다. 카드를 주머니에 넣었다. 든든했다. 사물함에서 원래 신던 농
구화를 꺼내 신고 운동화 끈을 꼭 묶었다.

우리 팀은 손을 모아 '파이팅!'을 외쳤다. 버저가 울리고 경기가
시작되었다.

상대는 만만치 않았다. 우리의 공격은 상대편의 수비에 번번이
막혔다. 압도적으로 우리 팀을 제압했다. 2쿼터가 끝났을 때는 24 :

15로 9점이나 차이가 났다. 우리는 기운이 빠졌지만 노련한 감독님은 침착했다.

"괜찮아, 서로 믿고 자신 있게 해. 우리는 하나야."

감독님 말씀이 비로소 가슴으로 이해되었다. 민우에게 다가가서 진심을 담아 말했다.

"잘 해보자. 전봇대."

민우가 내 말에 웃으며 말했다.

"그래. 꼬마."

같은 단어라도 느낌이 달랐다. 꼬마라는 말이 놀리거나 무시하는 것이 아니라 애칭처럼 느껴졌다. 내가 키가 작은 것은 사실이고 농구를 하는데 부족한 부분인 것은 맞다. 꼬마의 든든한 힘을 제대로 보여줘야겠다.

우리는 땀으로 젖은 등을 서로 두드리며 격려를 주고받았다.

"오른쪽 열렸어. 막아."

내가 뒤에서 소리쳤다. 윤호가 수비에 성공했다. 나는 악착같이 상대 팀을 막았고 잡은 공을 민우에게 주었다. 민우의 골밑슛이 성공했다. 조금씩 점수 차이가 좁혀졌다. 우리가 착착 맞아들어가자 눈에 띄게 상대 팀이 흔들렸다. 이제 마지막 쿼터, 8분의 시간이 주어졌다. 분위기는 우리 팀으로 넘어오고 있었다. 힘이 났다. 거의 따라잡았다. 34 : 33, 이제 단 1점 차이다.

민우가 바닥에 넘어졌다. 상대 팀에게 집중적으로 견제를 당했다. 두 명이 전담으로 수비하느라 민우 옆에 바짝 붙어 있었는데, 공을 잡으려는 순간 옆으로 파고든 상대의 머리와 민우의 옆구리가 세게 부딪혔다. 부상으로 나간 민우의 빈자리가 허전하게 느껴졌다.

이제 11점 3초가 남았다. 인터셉트! 나는 상대편 17번 선수 옆으로 파고들어 공을 가로챘다. 성공이다. 관중석에서 '와아!' 하는 소리가 파도처럼 일었다.

스틸 후에는 더 빠르게 뛰어야 한다. 몸을 꺾어서 상대편 골 쪽으로 돌아섰다. '탁! 탁!' 드리블을 하며 앞으로 나갔다. 손바닥에 공이 와서 닿는 감촉이 좋았다. 뭔가 느낌이 온다.

"신우현, 파이팅!"

민우의 응원 소리가 들렸다. '내 몫까지 열심히 해.'라고 외치는 것 같았다.

공을 잡고 멈춰 섰다. 공을 넣으면 역전이다. 주위에 아무것도 보이지 않았다. 골대만 보고 온 힘을 다해 공을 던졌다.

농구장 안 모든 것이 정지했다. 공기마저 멈춘 것 같은 시간, 내 손을 떠난 공이 허공에 포물선을 그으며 날아갔다. 림 안으로 공이 빨려 들어가는 것과 동시에 '휘리릭!' 종료 휘슬이 불었다. 아! 짜릿한 버저비터[1]였다.

---

1) 농구에서, 경기 종료를 알리는 버저 소리와 함께 성공된 골. 버저가 울리는 순간 공이 슛하는 선수의 손을 떠나 있어야 슛으로 인정된다.

정 희

수년 동안의 12월, 오지 않는 전화를 기다리며 두꺼운 책과 긴 영화를 보았습니다.

작년에는 빨간 머리 앤이었고 올해는 제인 오스틴이었어요. 19세기 영국에서 살았던 작가를 떠올리며 원작 소설을 쌓아놓고 영화 리스트를 찾아서 읽기 시작했어요. 그렇게 12월을 보내고 나면 예년처럼 다시 희망의 1월을 시작하는 힘이 나기를 기대하면서요.

제인 오스틴의 시대를 거스른 선택과 여성 작가로서의 당당함에 대해 다시 떠올려봅니다. 공동의 거실에서 글을 쓰던 그녀의 작은 티테이블에 비하면, 제 책상은 터무니없이 넓고 큽니다.

친구들이 준 축의금을 따로 모아서 엄마가 사준 책상이었습니다. 신혼여행에서 돌아오니 작은방을 차지하고 있던 낯선 책상에는 엄마를 닮은 큰딸이 꿈을 잃지 않기를 바라는 마음이 담겨있었을 겁니다. 그래서 다른 가구들을 바꾸면서도 20년이 훌쩍 넘는 시간, 버리지 못하고 간직하고 있었습니다.

그 책상에 앉아 전화를 받았어요. 수없이 상상했던 순간이라 의연하게 받을 수 있을 줄 알았는데 떨렸습니다. 짜릿했어요. 버저비터로 골을 넣은 동화 속 주인공의 마음이 이랬을까요?

지금은 훤칠한 청년으로 자랐지만, 어렸을 때 유난히 작은 키로 운동장을 뛰어다니던 아들들 덕분에 농구를 소재로 동화를 쓸 수 있었습니다.

  글을 잡고 있던 짧지 않은 시간, '쓰고 싶다'와 '써야 한다'는 생각만 길었습니다. 이제부터 진짜 열심히 동화를 쓰겠다고 다짐하며 책상 앞에 앉습니다.

  응원해 준 동창모와 동서문학회 선생님들, 간절함을 읽고 선택해 주신 심사위원님, 언제나 믿어주는 엄마, 나만의 방을 만들어 준 남편, 십자가 선물 같은 아들들 그리고 제 주위에 있는 좋은 사람들까지 모두의 덕분입니다. 감사합니다. 잊지 않겠습니다.

현장의 생생함 놓치지 않고 소재의 경쾌함을 스타일로 소비하지 않는 힘

동화의 독자는 지금 이 시대를 살아가고 있는 어린이다. 어린이의 삶을 관찰하고 흥미롭게 그려내는 것은 동화의 일이 아니다.

투고작 가운데 환상적 장치를 내세운 의인 동화가 많았는데 섣부른 의인화로 비인간 존재에 마음을 불어넣는 것은 경계해야 한다. 어린이가 지닌 익숙한 생활의 감각과 거리가 먼 환상적 설정은 장식에 불과하다.

그런 의미에서 동화는 늘 '동화답다'는 얕은 통념들과 싸워야 한다. 이는 어린이가 아이다움이라는 일방적인 기대를 깨뜨리며 성장하는 것과 비슷하다. 그런 점에서 최종심에 오른 세 편의 동화는 어린이의 감정을 중심에 두고 정중하게 대하는 작품들이었으며 믿음이 가는 충실한 밀도를 갖추고 있었다.

'개를 무서워하는 아이'는 저마다 무서워하는 것이 있는 세 아이가 사흘 동안 한 집에서 지내며 날카로운 각자의 공포를 부드럽게 만들어가는 이야기다. 서로 다른 두려움을 이해하고 도와주려고 마음을 모으는 과정이 잘 나타나 있다. 하지만 중심인물인 가영이가 개에게 느끼는 공포만 일방적으로 그려지고 개가 가영이에게 느끼는 감정은 친밀함 일색이었다. 개도 가영이가 두려울 테고, 관계는 양방향에서 진행되는 것이다.

'안녕 바닐라'는 교실 안에서 달팽이를 키우면서 닫힌 말문을 여는 나은이와 같은 조 민혁이의 동반 성장을 다룬다. 두 어린이가 맺는 관계와 자연스러운 움직임이 돋보였다. 그러나 한 생명의 삶과 죽음이 성장의 지렛대로만 가볍게 다뤄지는 것 같아 아쉬웠다. 초반의 묵직함을 끝까지 지니고 갔더라면 좋았을 것이다. 두 편 모두 동화에서 동물을 그리는 태도를 되돌아봤으면 좋겠다.

'농구의 신'은 농구를 잘하고 싶지만, 키가 빨리 자라지 않아 속상한 우현이가 중고거래로 특별한 신발을 얻으면서 벌어지는 이야기를 속도감 있게 그렸다. 어린이의 욕망을 존중하면서도 성취는 거래될 수 없다는 것을 담담하게 말한다. 중의적으로 쓰인 '신'은 주인공의 기대를 배반하지만, 그것이 꿈 자체를 무너뜨리지는 않는다. 우현이가 신발과 분리되는 과정에서 갈등과 노력이 충분히 다뤄져야 하는데 압축해서 서둘러 전개한 것 같은 아쉬움이 있다.

그러나 사건을 사건으로 이어받으면서 현장의 생생함을 놓치지 않는 역량과 소재의 경쾌함을 스타일로 소비하지 않는 작가의 힘이 느껴져 이 작품을 당선작으로 선정했다.

지금의 거친 부분들을 날카롭게 가다듬어 두터운 어린이의 고민을 깊게 이해하는 작품을 써주시기를 기대한다.

심사위원 김지은(아동문학평론가) · 이현(동화작가)

부산일보

지숙희

1967년 경북 청도군 출생
글나라 아동문학연구소 회원
2016년 제13회, 2018년 제14회,
2020년 제15회 동서문학상 맥심상 수상
2021년 제24회 부산 아동문학 신인상 동화 당선
2022 〈부산일보〉 신춘문예 동화부문 당선
sughee1126@hanmail.net

용기 내 몽고

지 숙 희

"저것 봐. 내 말 맞지?"

까마귀 어두미가 도로를 가리켰다. 깜깜한 도로 한가운데 뭔가 비틀거리더니 푹 쓰러졌다.

"뭐지?"

독수리 몽고가 고개를 갸웃거렸다.

"고양이. 딱 보면 알지. 조금만 기다리면 맛난 저녁을 먹을 수 있을 거야. 쩝쩝."

어두미가 입맛을 다셨다.

달님도 구름 속에 숨어버린 깊은 밤이 흘렀다.

어둠 속 저 멀리 빛이 반짝거렸다. 불빛은 빠른 속도로 달려오고 있었다.

"빨리! 빨리!"

어두미가 고양이를 한 번 쳐다보곤 불빛을 향해 조용히 외쳤다.

-빠아앙.

트럭이 성난 코뿔소처럼 달려왔다. 그때였다.

"안돼!"

어두미 옆에 있던 몽고가 한쪽 날개를 펄럭이며 기우뚱 날았다. 도로 위에 누워있는 고양이를 낚아챘다. 순간 트럭이 몽고를 아슬아슬하게 스쳐 지나갔다. 몽고와 고양이는 도로 옆 수풀에 처박혔다.

"몽고! 미쳤어?"

트럭이 사라지자 건너편에 있던 어두미가 날아왔다.

"난 괜찮아. 쟤는?"

몽고가 마른 풀숲에 내팽개쳐진 고양이를 가리켰다.

어두미가 부리로 고양이 다리를 콕콕 찔렀다. 순간 고양이 다리가 바르르 떨렸다.

"에잇, 살았잖아."

어두미는 몽고를 흘깃 보고는 어둠 속으로 날아가 버렸다.

다음 날, 아침부터 비가 부슬부슬 내렸다.

몽고는 창고 한구석에 쓰러져있는 고양이를 내려다봤다.

"엄마야!"

고양이가 눈을 뜨며 소리쳤다.

"몽고, 너 때문에 놀랐나 봐. 하긴 너 덩치 보고 안 놀라면 그게 더 이상하지."

어두미가 놀리듯 말했다.

"여 여기가 드 드디어 고양이 별인가요?"

고양이는 슬금슬금 뒷걸음을 쳤다.

"쟤 뭐래? 자기가 죽은 줄 아나 봐. 우헤헤헤. 웃긴다. 웃겨."

어두미가 콩콩 뛰어다니다 날아올랐다.

"몽고가 널 살렸어. 널 구했다고. 이 바보야. 바보야!"

어두미가 창고 안을 날아다니며 소리쳤다.

"누가 살려달래? 난 살고 싶지 않아."

고양이는 머리를 세차게 흔들며 눈물을 뚝 흘렸다.

"죽고 싶다고? 그럼 오늘 밤 다시 가서 누워. 커다란 바퀴가 널 밟고 지나가게. 너 구하다 몽고가 죽을 뻔했는데 고맙다고는 못할망정. 에잇 재수 없는 고양이."

어두미는 똥을 찍 싸고는 밖으로 날아가 버렸다.

"바보짓 하지 마."

조용히 있던 몽고가 말했다. 매서운 눈매, 날카로운 부리, 엄청나게 큰 날개, 대머리지만 독수리의 당당한 모습에 고양이는 아무 말도 할 수 없었다.

비바람이 창고 안으로 들이쳤다.

"빨리 걸어. 이러다가 오늘도 굶겠다."

"아직 시간 있어. 하늘을 봐."

몽고와 걷고 있던 어두미가 하늘을 올려다봤다. 하늘에는 까만 독수리들이 커다란 원을 그리며 날고 있었다.

사람들이 마른 논바닥에 고깃덩이를 여기저기 두고 나갔다. 하늘을 날고 있던 독수리들이 하나둘 내려앉았다. 비 온 다음 날 밥 시간이라 물고, 뜯고, 빼앗으며 먹이 싸움이 치열했다.

멀리서 고양이가 그 광경을 지켜보고 있었다.

"여기 독수리는 사냥을 못 하나? 왜 사람들이 밥을 주지?"

고양이는 다시 창고 안으로 들어와 힘없이 주저앉았다. 그리곤 몸을 둥글게 말았다.

'며칠을 굶은 걸까? 엄마…'

몽고와 어두미가 창고로 돌아왔다. 어두미가 고양이 앞에 먹이를 툭 던져 주었다.

"힘들게 건진 거야. 물론 몽고가."

고양이는 어두미가 던져 준 닭고기살에 코를 갖다 대었다.

"처음 보는데 이름이 뭐야?"

어두미가 물었다.

"마로."

고양이 마로는 닭고기를 단숨에 먹어치웠다.

"내 이름은 어두미. 쟤는 몽고."

마로는 어두미와 몽고를 번갈아 쳐다봤다.

"몽고가 나도 구해 준 셈이지. 몽고가 밥 먹을 때 내 몫도 챙겨 주거든. 물론 몽고도 배부르게 먹는 건 아니지만."

어두미가 몽고 옆으로 갔다. 몽고가 날개를 퍼덕이자 어두미가 후다닥 날아올랐다.

"깜짝이야! 적응이 안 돼. 그런데 넌 왜 고양이 별로 가려고 한 거야?"

어두미가 물어도 마로는 아무 말도 하지 않았다.

"말하기 싫으면 말고. 억지로 듣고 싶진 않거든. 몽고, 날개는 좀 어때?"

어두미 말에 몽고가 오른쪽 날개를 펼치려다 신음을 냈다.

"칵."

"혹시 나 때문에 다친 거야?"

마로가 앞발을 가지런히 모으고 물었다.

"아냐. 밥 때문에…. 내 차례가 아닌데 먼저 먹으려다…."

몽고는 날개를 펴려고 안간힘을 썼다.

"네가 계속 양보하니까 다들 깔보는 거야. 머나먼 몽골에서 여기까지 온 것도 힘센 놈들에게 밀려서 온 거잖아."

어두미가 콧바람을 씩씩 불어대며 애꿎은 땅을 쪼아댔다.

"몽골은 여기보다 더 심해. 먹이양보다 우리 숫자가 훨씬 많았지. 여기 오면 배불리 먹을 수 있다고 믿었어. 그래서 힘이 들어도 긴 시간 동안 날아올 수 있었는데."

"이 추운 겨울을 잘 이겨 내야 따뜻한 봄에 고향으로 돌아갈 수 있을 텐데. 저렇게 비쩍 말라선. 쯧쯧."

몽고는 아무 말 없이 밖을 쳐다봤다.

"엄마랑 나는 도망쳐 나왔어. 우리가 그 집 가족이 됐을 때는 따뜻한 집이었는데 사업이 망하니까 사람도 망가지더군. 술에 취하면 괴물로 변했어. 엄마랑 나는 그때마다 숨기 바빴어. 결국, 엄마는 한쪽 눈을 잃고 말았지. 바람이 몹시 부는 날 밤이었어. 괴물이 술에 취해 들어오더니 거실 한가운데 널브러졌어. 그리곤 코를 골았어."

마로의 초점 없는 눈빛이 떨렸다.

"그래서? 어떻게 됐어?"

어두미가 어느새 마로 앞에서 눈을 동그랗게 뜨고 물었다.

"엄마는 바람 때문에 현관문이 닫히질 않았다는 걸 알았지. 머리로 힘껏 문을 밀었지만, 쉽게 열리지 않았어. 나도 엄마랑 함께 들이밀었어. 문이 조금씩 뒤로 밀렸지. 우린 뒤도 돌아보지 않고 밖으로 달렸어."

마로 목소리가 떨렸다.

"와 정말 잘 됐어. 불행 끝. 행복 시작."

어두미가 창고 안을 빙빙 날아다녔다.

"나도 그런 줄 알았어. 하지만 집 밖 세상은 더 무섭고 힘들었어. 배가 고파 남의 밥그릇에 입을 댔다가 두들겨 맞고, 남의 땅에 들어왔다고 쫓겨나고…. 결국 엄마가 내 밥을 구해 오다가 그만 차에…. 엄마."

마로 울음소리가 창고 안을 울렸다.

'내 밥은 내가 구해야지. 더는 몽고 밥을 축내선 안 돼.'

마로는 며칠 동안 창고에서 몽고가 가져다주는 밥을 먹었다. 그

덕에 기운을 차린 마로는 조용히 창고를 빠져나왔다. 깜깜한 밤하늘에 별들이 반짝거렸다.

"생쥐라도 잡으면 좋을 텐데."

마로는 먹이를 찾아 돌아다녔다. 트럭 옆을 지나는데 갑자기 차 문이 열렸다. 남자 둘이 차에서 내렸다. 마로는 트럭 밑으로 잽싸게 몸을 숨겼다.

"낮에 봤지? 정말 멋진 놈들이야. 독수리를 박제해서 팔면 큰돈을 받을 수 있어."

"그러니까 이 농약 묻은 볍씨를 뿌리면 되는 거지?"

"그렇지. 농약 묻은 볍씨를 까마귀나 까치, 조무래기 새들이 먹고 죽으면 독수리들이 죽은 그 새들을 먹을 거야. 그럼 독수리가 죽는 건 시간 문제지."

"바보 같은 놈들. 덩치는 곰 만한 것들이 사냥도 못 하고 죽은 고기나 먹고. 쯧쯧."

트럭 밑에 있던 마로는 귀를 쫑긋 세웠다.

'몽고. 어두미. 아 어쩌지.'

"낮에 보니 저쪽 논에 까마귀 떼들이 모여 있던데. 빨리 뿌리고 와. 난 망볼 테니."

"알았어. 볍씨 뿌리는 거야 식은 죽 먹기지. 망 잘 봐."

한 남자가 빠른 걸음으로 논 쪽으로 걸었다. 남은 사람은 트럭에 올라탔다.

'어두미가 죽고, 몽고는 박제? 안돼!'

마로는 논 쪽으로 간 남자를 따라갔다. 남자는 잽쌌다.

별들도 구름에 가려 보이지 않았다.

-바스락.

조심스레 따라가던 마로가 그만 마른 풀을 밟고 말았다.

남자가 걸음을 멈추고 뒤돌아봤다. 마로도 그 자리에 웅크리고 앉았다.

"아이씨, 깜짝이야. 심장 떨어지는 줄 알았네. 에잇 재수 없는 고양이."

남자는 돌멩이를 마로에게 던졌다.

"이야옹!"

"명중이다!"

남자는 돌멩이를 하나 더 던졌지만, 마로는 이미 피하고 없었다.

"여기랬지."

남자는 비닐 속 볍씨를 여기저기 뿌려댔다. 볍씨를 탈탈 뿌리곤 허겁지겁 뛰다가 논으로 미끄러지고 말았다. 남자는 절뚝거리며 트럭으로 걸어갔다.

'흥. 쌤통이다.'

마로는 꼬리를 탁탁 쳤다.

잠시 후 트럭은 조용히 마을을 떠났다.

"몽고, 어두미. 큰일 났어!"

마로는 정신없이 달려와 몽고와 어두미를 깨웠다.

"무슨 일이야? 엇, 피가 나, 피가 나."

어두미가 마로 주변을 빙빙 돌며 수선을 피웠다.

마로 머리에서 피가 흘러내렸다.

"마로. 왜 이래?"

몽고도 놀라 소리쳤다.

새벽 어스름에 몽고와 어두미는 바쁘게 움직였다. 어두미는 까마귀 대장에게 어젯밤 마로가 보고 들은 얘기를 날랐고, 몽고는 독수리 대장에게 주의하라고 전했다. 어두미는 까마귀 대장에게 마로가 가르쳐준 농약 볍씨가 뿌려진 곳을 직접 안내했다. 까마귀들은 주변의 작은 새들에게도 빨리 알렸다.

"잘했어. 이깟 상처쯤이야. 친구를 위해서라면…. 엄마, 나도 이제 친구가 생겼어."

마로는 머리가 따끔거렸지만, 가슴은 두근거렸다.

몽고와 어두미가 창고 안으로 날아왔다.

"마로. 몽고랑 내 밥은 이제 걱정 없게 됐어. 고마워. 그리고 저번에 재수 없는 고양이라고 해서 미안해. 친구야."

어두미는 쑥스러운지 다시 밖으로 날아갔다.

"우리도 고마워하고 있어 마로. 대장이 널 보고 싶어 해. 오늘 밥 시간에 같이 가자."

"엄마랑 나는 며칠 만에 겨우 밥을 구했어. 내가 먼저 도로를 건넜고 엄마가 따라오는 줄 알았는데 차에 치이고 말았어. 차에서 내린 사람이 엄마를 도로 옆 바다에…."

마로는 가만히 한숨을 내 쉬곤 다시 말을 이었다.

"몽고. 그날 밤 구해 줘서 고마워. 엄마 죽고 어떻게든 살아보려 노력했어. 힘센 고양이에게 따돌림당하고, 사람들에게 더러운 길고양이라고 돌 맞아도. 그날 난 너무 지쳐 엄마 있는 곳으로 가고 싶었어."

마로는 꼬리를 세우고 몽고에게 다가갔다. 몽고 발을 핥았다. 놀란 몽고가 발을 뒤로 뺐다.

"혓바닥이 까슬까슬하구나. 간지러워."

몽고가 웃었다.

"뭐가 간지러워. 뭐가, 뭐가?"

어느새 어두미가 날아와 몽고와 마로 사이를 비집고 끼어들었다.

어느새 바스락거리던 풀들이 봄빛으로 반짝거렸다.

"몽고, 내일 고향으로 떠나는데 아직도 날개가 완전히 펴지지 않으면 어떡해? 날개 운동을 한 거야? 안 한 거야?"

어두미가 잔소리를 해댔다.

"아옹. 시끄러워. 신경 쓸 거 없어. 높이 올라가자."

몽고 등에 탄 마로가 몽고를 토닥거렸다. 지난밤, 마로가 몽고에게 부탁을 했다. 고향으로 떠나기 전 하늘을 한번 날게 해 달라고. 바다를 한번 보고 싶다고.

"용기 내 몽고! 넌 할 수 있어!"

마로 말에 몽고는 오른쪽 날개에 힘을 더 바짝 주었다. 그러자 두 날개가 쫙 펼쳐졌다. 몽고는 날개를 저어 서서히 올라갔다.

"우와. 멋지다."

어두미가 커다란 날개를 펴고 날고 있는 몽고를 올려다봤다.

"어두미. 우리, 바다 보러 갈 건데 같이 갈래?"

몽고가 어두미를 내려다보며 큰소리로 물었다.

"바다는 왜?"

어두미도 몽고를 향해 큰 소리로 말했다.

"마로가 엄마 보고 싶은가 봐. 너도 내 등에 타."

몽고는 어두미가 보이는 아래로 내려갔다. 어두미는 몽고 등에 내려앉았다.

"몽고, 높이 날아봐. 우헤헤헤. 마로 너도 신나지?"

"신나지."

"꽉 잡아. 준비됐지?"

몽고는 바람에 몸을 맡기며 힘껏 날개를 저었다. 시원한 봄바람이 불어왔다.

수상소감

지 숙 희

쌀 항아리를 열었습니다. 하얀 쌀이 조금밖에 남지 않았습니다.

얼마 전 원고료로 받은 쌀입니다. 이 쌀로 밥을 지어 먹으면 쌀밥처럼 맛있는 작품을 많이 쓸 거라 했습니다. 부지런히 밥을 짓고 글을 썼습니다. 그날 오후 당선 전화를 받았습니다.

동화 공부한 지 8년. 처음 2여 년 동안 단 한 편의 동화도 쓰지 못했습니다. 내 안의 나를 만나 다독여주는 시간이 필요했습니다. 아니 어쩌면 잊고 있던 동심을 먼저 찾으려 애썼는지 모릅니다. 동화를 쓰기 시작하면서 저의 세계를 조금 더 알게 된 것 같습니다.

몽고, 어두미, 마로가 친구가 되어 푸른 하늘을 날아 넓은 바다를 볼 수 있게 되어 기쁩니다. 저의 독수리 몽고같은 오빠가 날개를 다쳐 잠시 숨 고르기를 하는 중입니다. 어서 우리도 몽고 등을 타고 하늘을 훨훨 날 수 있었으면 좋겠습니다. 용기 내 몽고는 오빠를 향한 저의 응원이라고나 할까요. 용기 내 큰오빠!

해리포터가 비밀의 9와 3/4 승강장에서 호그와트 특급열차를 타고 마법 학교로 향하듯 저도 이젠 막 마법 학교 입학 초대장을 받은 것 같습니다. 놀라운 모험의 세계로 떠날 생각에 가슴이 콩닥콩닥 뜁니다.

아이와 어른이 함께 읽는 동화를 쓰고 싶습니다. 제 글을 읽고 눈물 한 방울 똑 흘릴 따뜻한 글을.

제 마음의 크리스마스트리 같은 김재원 선생님 감사합니다. 몽고와 어두미. 마로에게 봄빛을 비춰주신 구옥순 선생님, 안덕자 선생님 감사합니다. 함께 열공하는 글나라 문우님, 합평 모임 달동 문우님들 고맙습니다. 첫 번째 독자인 남편 춘산씨 고맙고 사랑합니다. 아들 민철, 딸 다슬 사랑해. 복덩이 북덩이 최측근님들 짱 고맙습니다. 진주알 찡구들아 많이 보고 싶다~ 마지막으로 저의 뮤즈 냥이들 보리, 노리, 단풍이에게 고맙다고 전하고 싶습니다.

끝까지 쓰는 작가, 찐 작가가 되겠습니다. 감사합니다.

문장 흔적에서 치열한 습작 생활 엿보여

올해 아동문학 부문 응모작은 동시 745편, 동화 216편이었다. 전국 각지에서 응모하여 아동문학 지망생들의 뜨거운 신춘문예 열기를 느낄 수 있었다. 동시는 예년보다 크게 늘었으나 동심을 바탕으로 한 문학성과 재미, 참신함은 보기 어려웠다. 동화 또한 응모작이 많아 기대가 컸다. 그러나 대부분 문장력은 좋으나 아동문학을 모르는 응모자가 더러 있었으며, 소재를 부리는 능력이 미흡하여 조금 더 연마하면 좋은 작품이 탄생하리라는 생각이 들었다. 죽음을 다루는 작품이 많아 코로나19로 인한 불안한 시대가 동화에도 나타나 안타까웠다.

최종심에 오른 동시 '반달'과 '수련'은 동심의 상상력을 건드려 신선했고, '반짝이 신호'는 남을 배려하는 마음을 순간 포착하여 잔잔한 감동을 주었다. 그러나 같이 보낸 작품이 고르지 않아 아쉬웠다. 최종심에 오른 동화는 '용기 내 몽고' '그림자 통조림' '내일 일기'였

나. '그림자 동조림'과 '내일 일기'는 참신하고 독창적이긴 했으나 작품을 끌고 가는 힘이 작위적으로 다가왔다. 그림자를 꼭 사야 할 절실함이 부족했고, 또 학원을 안 다니면 공부를 못한다는 발상은 좀 더 생각해 봐야 할 문제다. '내일 일기'는 용기없는 아이가 내일 일어날 일을 미리 일기에 쓰며 용기를 키워가는데, 쓸 때마다 하고 싶은 대로 다 이루어져 처음부터 당당한 아이가 아니었나 하는 의문이 들었다.

당선작 '용기 내 몽고'는 버림받고, 쫓겨나고 보잘것없는 존재들이 서로를 위하며 살아가는 이야기가 감동적이다. 문장 하나하나에 정성을 들인 흔적에서 치열한 습작 생활이 엿보였다. 당선자에게 축하를 보내며 응모자 모두에게 꾸준한 정진을 바란다.

심사위원 구옥순(동시인) · 안덕자(동화작가)

불교신문

한 상 희

본명 한은희
세종시 (충남 연기군) 출생
숙명여자대학교 국문과 및 동대학원 졸업
독서 토론 등 아이들과 만나는 수업을 많이 해 옴
2022 〈불교신문〉 신춘문예 동화부문 당선
heh5043@naver.com

숲속의 우정

한 상 희

숲으로 둘러싸인 작은 절 마당입니다. 산 중턱이라 새소리만 이따금 들려오는 고요한 곳이지요. 이곳이 무탈이의 집입니다. 무탈이는 다리가 짧은 개입니다. 아주 어릴 적 주인에게 버려져 숲속을 헤매다가 여기까지 왔지요. 한참을 먹지 못해 거의 걷지도 못하고 쓰러져있는 무탈이를 스님이 발견해 데리고 왔습니다. 스님의 간호가 극진했던지 며칠 후부턴 죽도 먹게 되고 꼬리도 흔들게 됐지요. 더는 아프지 말고 튼튼하게 자라라고 무탈이란 이름을 지어 주셨습니다. 이름처럼 무탈이는 탈도 한번 안 나고 점점 씩씩해져 의젓한 개가 되었습니다.

사람이 거의 오지 않는 산속 절이라 무탈이는 늘 심심합니다. 나비를 보거나 새들만 지나가도 달려가 보고, 멀리서 고라니 소리가 나면 컹컹 짖어 봅니다. 가끔 쥐가 지나가면 잡으러 후다닥 쫓아가는 게 일입니다. 스님이 언덕배기 작은 밭을 갈러 나오시면 함께 가서 꼬리를 흔들며 바라봅니다.

"무탈아, 밭을 헤집으면 안 된다."

스님이 한마디만 하셔도 무탈이는 바로 알아듣고 밭 안으로는 들어가지 않습니다. 스님은 "아이 착하지. 우리 무탈이가 최고다."하고 웃으며 쓰다듬어 주십니다. 무탈이는 스님의 그 말만 들으면 기분이 좋아 꼬리를 마냥 흔들어 봅니다. 무료하지만 행복한 하루하루가 지나갑니다. 무탈이는 나비들과 개나리를 헤치며 다니는 게 기쁨입니다. 봄이 되니 풀들도 부쩍부쩍 자라서 무탈이 집 주변을 채워갑니다.

조용한 절간에 아주머니 한 분이 찾아왔습니다. 귀여운 강아지도 함께였습니다. 무탈이는 너무나 기뻤습니다. 손님도 반가운데 강아지 손님도 함께라서 펄쩍펄쩍 뛰고 싶었습니다. 하지만 스님이 손님 오실 땐 너무 뛰지 말라 하셔서 조금 점잔을 빼고 있어 봅니다. 그런데 이 강아지는 성격이 대단한 것 같습니다. 오히려 작은 몸을 뒤뚱대며 다가와 아-앙 소리를 내려합니다. 너무나 귀여워서 살짝 물어줄 뻔했습니다. 하지만 무탈이는 참고 가만히 있어봅니다. '난 스님의 말씀을 잘 듣는 의젓한 어른'이라고 뽐을 내봅니다.

"무탈이는 정말 의젓하네요."

아주머니가 칭찬을 아끼지 않습니다. 무탈이는 부러 더욱 무심한 척 앉아 봅니다. 스님과 아주머니가 강아지를 보며 한참 얘기를 나눕니다.

"키울 형편이 안 돼서요. 스님께 부탁드려도 될는지……"

"그럼 여기 두고 가시지요."

스님이 한마디 하시자 아주머니가 연신 감사하다고 고개를 숙입니다.

"이렇게 되려고 그랬나, 어쩜 종자도 엘시코기로 꼭 닮은 것 같네요."

스님과 아주머니는 둘을 보며 웃습니다. 강아지가 무탈이 옆으로 옵니다.

아주머니가 가고 나자 강아지는 풀이 죽어 그런지 움직이지도 않습니다. 스님이 반짝 안으십니다.

"넌 일찍 절에 왔으니 '보리'라고 하자. 스님처럼 열심히 깨달아보자, 하하!"

스님은 보리를 안으로 데리고 들어가십니다. 보리는 안에서 아주머니가 가져온 하얀 우유를 먹고, 잠도 안에서 잡니다. 무탈이는 그런 보리가 부럽기도 하고 궁금하기도 합니다. 달이 유난히 환한 밤, 다른 때 같으면 일찍 잠자리에 들었겠지만 잠이 잘 오지 않아 서성거립니다. 보리가 끙끙거리는 소리가 들리는 듯도 합니다.

아침이 되자마자 스님 주무시는 안채에서 문 열리기만 기다립니다. 잠도 자는 둥 마는 둥 설쳤습니다. 보리가 궁금해서 참을 수가 없습니다. 무탈이는 어렸을 적 처음 절 앞에 왔던 때가 떠오릅니다.

공원 약수터에서 주인아줌마와 아저씨가 땅에 처음 내려주었습니다. 한동안 아파트 안에만 있다가 흙냄새를 맡으니 흥분했습니다. 좋아서 막 뛰어다니다 보니 아줌마도 아저씨도 보이지 않았습니다. 초조해져 여기저기를 살피다 다시 약수터 앞에 와 앉았습니다. 한참 기다려도 오지 않았습니다. 사람들이 다가와 귀엽다고 쓰다듬기도 했지만 너무나 두려워 피했습니다. 발발 떨며 오랫동안 서성대는데 사람들도 아예 보이지 않았습니다. 오솔길로 걸음을 옮겼습니다. 멀리서 꺽꺽하는 짐승들 소리가 들립니다. 이쪽 산에서 저쪽 산으로 메아리져 울리면서 더욱 무섭게 들려옵니다. 무서워 정신없이 뛰었습니다. 커다란 바위가 많은 언덕길이 나와 힘이 많이 듭니다. 헉헉 숨을 몰아쉬며 가다 보니 바스락 소리가 들립니다. 동그란 눈망울로 빤히 바라보는 것은 고라니 가족입니다. 엄마와 아가인 듯합니다. 무탈이 곁을 스쳐서 재빨리 반대편 숲으로 갑니다. 휴-우! 무탈이는 한숨을 내쉽니다. 무서운 동물인 줄 알고 깜짝 놀랐습니다. 엄마한테 큰 동물은 주의하라고 들은 기억이 납니다. 하루종일 아무것도 먹지 못해 힘이 빠지고 숨이 가빠옵니다. 걷기도 힘들어 픽픽 쓰러집니다. 눈앞이 흐릿해지고 날은 캄캄해졌습니다. 눈꺼풀도 감겼습니다.

으스스 찬 기운이 느껴집니다.

"눈 떠보자, 눈 떠보자."

스님 한 분이 앉아서 무탈이를 쓰다듬고 계셨습니다.

"눈 떠보자, 눈 떠보자." 하던 스님의 그때 목소리가 다시 떠오릅니다. 그러자 보리가 더욱 걱정됩니다.

문이 열리자 웬걸, 똘망한 눈으로 보리가 쳐다보고 있습니다. 어제와는 사뭇 다른 두려운 눈빛으로 무탈이를 피하려 합니다. 무탈이는 너무 반가워 얼른 문지방 위에 앞발을 걸치고 핥아주려 했지만 보리는 흠칫 뒤로 물러납니다. 스님이 웃으며 "괜찮아, 언니다, 언니!" 하시고는 보리를 댓돌 아래로 내려주십니다.

무탈이는 이것 좀 보라는 듯, 울안을 여기저기 막 달려봅니다. 뒤꼍의 장독대까지 달려가 멈춥니다. 보리는 조금씩 따라오기 시작합니다. 힘이 드는지 잠시 숨 고르다 다시 달려옵니다.

이제는 어디든지 다 따라다닙니다. 짧은 다리로 뒤뚱뒤뚱 걷는 걸 보면 웃음이 나오기도 합니다. 보리는 말썽부리기쟁이입니다. 밭쪽으로 올라갔을 땐 두둑을 다 헤쳐 놓았습니다. 장독대 옆에 놓인 작은 화분들 중 벌써 두 개를 깨먹었습니다. 스님이 혀를 끌끌 차시지만 혼을 내시진 않습니다. 무탈이는 보리가 귀여우면서도 얄미울 때가 있습니다.

얼마 전 여러분들이 오셔서 종이로 연꽃을 만들 때 일입니다. 손님들이 보리는 귀엽다고 안채로 들어오라고 하셨습니다. 과일들이 많이 깎아져 있었습니다. 보리는 냉큼 안으로 들어가는 것입니다. 스님이, "안 돼!" 하셨지만 많은 손님들의 응원을 받아 그런지 보리는 눈치를 살피며 조금씩 조금씩 과일 있는 쪽으로 걸음을 옮겼습니다. 무탈이는 눈치 없는 보리가 얄미워 컹 하고 소리 내봅니다. 빨리 나오라는 신호입니다. 스님이 화내신다는 표시이기도 합니다. 잠시 멈칫하던 보리는 그대로 직진합니다. 결국 과일을 받아먹고야 밖으로 나왔습니다.

하지만 무탈이는 "무탈이, 넌 들어가면 안 돼."라는 스님의 말 한마디에 그냥 뒤로 돌아서야 했습니다. 수박, 참외 등 맛나는 과일들이 눈앞에 아른거립니다. '나만 미워 하시나. 이제 보리만 다들 예뻐해 주고' 하는 마음이 스멀스멀 고개를 들고 일어납니다. 무탈이는 언덕 위로 올라가 땅만 파고 있었습니다.

밖으로 나온 손님들이 보리를 둘러싸고 환하게 웃고 있습니다.

"너무 귀엽다."

"어쩜 이리 예쁘지?"

이 사람 저 사람이 보리를 쓰다듬으며 야단입니다. 그러다 손님들이 다 가시고 갑자기 고요해졌습니다.

"무탈아! 무탈이 어딨나?"

스님이 무탈이를 부르십니다. 한걸음에 내달아 마당으로 내려옵니다. 커다란 수박 한 쪽을 주시며 무탈이를 쓰다듬어 주십니다.

"역시 무탈이는 의젓한 언니지?" 하십니다.

그렇게 해주시니 마음이 좀 풀리긴 했지만, 보리가 점점 사고뭉치가 되는 것 같아 미워집니다.

하루는 툇마루에서 손님 드시라고 내놓은 과일에 또 보리가 다가갑니다. 무탈이가 으르렁 이빨을 드러내고 겁을 주었습니다. 처음 보는 모습이라 보리가 흠칫 놀랍니다. 슬금슬금 뒤로 발을 뺍니다. 손님이 먹으라고 줘도 무탈이 눈치만 살피며 고개를 숙입니다. 스님이 와서 보시고, "언니한테 혼이 났구나." 하십니다. '너도 이제 아기가 아니라고.' 보리가 여전히 무탈이 눈치를 보며 꽁무니를 뺍니다.

보리가 무탈이 옆에 나와서 잔 지 얼마 안 된 무렵입니다. 밤에 보리가 먹은 것을 많이 토하고 아팠습니다.

"어쩐지 요새 너무 많이 먹더라니. 쯧쯧."

스님이 미지근한 물을 주셨습니다. 보리는 다시 안에서 자게 되었습니다. 다음날 보니 보리는 자꾸 토해 얼굴과 배가 반쪽이 된 듯합니다. 스님과 함께 병원에도 다녀왔습니다. 며칠 후 보리는 걸어 나오지 않고 엎드려만 있었습니다. 무탈이는 보리가 걱정이 되어 안절부절 어쩔 줄을 몰랐습니다. 햇빛 쏘이라고 스님이 보리를 밖에 나오게 해주셨습니다. 무탈이는 보리를 미워했던 게 너무 미안했습니다. 해가 따사롭게 비추는 마당에 엎드린 보리는 축 처진 눈꺼풀을 겨우 들었다가는 다시 감습니다. 무탈이는 다가가 보리 몸의 구석구석을 혀로 핥아 주었습니다.

'보리야, 얼른 일어나.'

눈물이 나오려 했습니다. 보리가 없으면 견딜 수가 없을 것 같습니다. 계속 핥아주자 보리가 눈을 떴습니다. 비척비척 일어난 보리는 자기 몸을 무탈이에게 기댑니다. 뜨거운 체온이 전해집니다. 무탈이는 그렇게 한참을 더 핥아주고 있었습니다.

다음 날, 무탈이는 안채 앞을 서성거렸습니다. 아무 소리도 들리지 않습니다. 눈물이 나올 것만 같습니다. 보리가 어떤 모습일지 걱정이 앞섰습니다. 예전에 여기 왔다가 죽은 강아지가 떠올랐습니다.

털이 하얀 강아지는 처음부터 몸이 약했습니다. 그 때도 스님과 손님들이 그 강아지를 많이 예뻐하고 쓰다듬어 주셨습니다. 무탈이는 샘이 많이 났습니다. 가까이 가지도 않았고, 다가오려 하면 으르렁 소리로 쫓았습니다. 강아지는 슬금슬금 무탈이를 피했습니다. 그런데 얼마 지나지 않아 시름시름 앓다가 죽게 되었습니다. 무탈이는 자신의 탓인 것만 같아 마음이 아팠습니다.

잠시 뒤 문이 열렸습니다. 보리의 동글한 눈망울이 말똥말똥 쳐다보고 있었습니다. 보리가 펄쩍 문지방을 넘어 나오자, 뛸 듯이 기뻤습니다. 무탈이는 으스러질 듯 보리를 한번 안아주고는 울안을 힘껏 내달렸습니다. 뒤를 바라보니 보리도 신나게 웃으며 달려옵니다. 너무 숨찰까 봐 잠시 숨을 고르며 쉬어줍니다. 울안 가득 핀 수국 꽃이 환하게 웃고 있습니다. 빠알간 보리수 열매들도 햇빛을 받아 더욱 영롱하게 살아납니다. 무탈이는 언덕 위로 올라갑니다. 산모퉁이 엷은 구름자락이 소리 없이 지나고 새들이 즐겁다고 지저귑니다. 보리도 따라 올라와 혀를 내밀고 헉헉 숨을 고릅니다.
'보리야, 이제 아프면 안 돼.'
무탈이는 보리의 털을 핥아줍니다. 보리가 숨을 내쉬며 꼬리를 흔듭니다. 마당에 나온 스님도 얼굴 가득 웃음을 띠고 올려다보십니다.

수상소감

슬픔과 기쁨은 늘 함께 있나 봅니다. 아버지를 병원으로 모시고 멍하니 빈방을 바라보고 있을 때 당선 소식을 들었습니다. 늘 글에 대한 열망은 있었지만, 한동안 잊고 살기도 하고, 분주하다는 핑계로 안주하기도 했습니다. 그러나 돌아서면 언젠가는 꼭 써야 한다는 생각을 놓은 적은 없었습니다.

아프신 아버지를 돌보면서, 또 코로나 상황 속에서 저는 깊이깊이 안으로 침잠해 들어간 것 같습니다. 요양보호사가 와 주시는 잠깐의 시간 동안 짬을 내어 가끔 산사를 찾곤 했습니다. 그곳의 고즈넉함과 바람 소리는 힐링의 시간을 주었습니다. 그 산사에서 본 강아지들의 천진함이 이 글의 소재가 되었습니다.

최근 들어 훌륭한 그림책들의 세계를 많이 접하면서 동화를 꿈꾸게 된 것 같습니다. 늦깎이라고 할 수도 있지만 그런 만큼 앞으로 더 열정적으로 쓰고자 다짐해 봅니다. 오만한 인간의 그림자로 숨 쉬면서 또한 인간에게 무한 봉사하고 있는 자연, 동식물들의 아름다움과 그들의 목소리를 담아내고 싶습니다. 작은 우화를 통해 아이들은 물론 어른들도 함께 할 수 있는 세계를 꿈꾼다면 욕심인 걸까요.

앞으로 나아갈 기회를 주신 심사위원께 깊은 감사를 드립니다. 또한 뼘씩 성장하게 도와주신 모든 분들께 감사드립니다. 비록 병상에 계셔서 이 기쁜 소식을 듣지 못하시지만, 마음으로 아버지와 함께

이 기쁨을 누려보고 싶습니다. 응원해준 가족에게도 감사함을 전합니다.

'무탈한' 어린이 마음
잘 그려낸 작품

코로나 시절인데도 많은 분들이 동화 부분에 응모를 해주셨다. 작품 수준도 높고 스타일도 다양해서 심사를 하기가 상당히 까다로웠다고 생각된다. 여러 작품들 가운데 먼저 네 작품을 올려놓고 숙고를 거듭했다. '숲속의 우정', '하루살이 춘몽이', '하늘을 나는 꿈', '창틀에 낀 그 새는 어떻게 되었나?' 등이 그것이다.

먼저 '창틀에 낀 그 새는 어떻게 되었나?'는 창틀에 끼어 옴짝달싹 못하게 된 새를 풀어주는 이야기다. 생명적 존재를 상징한다는 점에서 배면에 놓인 생각을 엿볼 수 있게 한다. 장치가 다소 단조롭다는 느낌이 있어 작은 에피소드들을 좀 더 아기자기하게 배치하면 좋겠다는 아쉬움을 남겼다. '하늘을 나는 꿈'은 '개미와 베짱이' 이야기를 생각나게 하는 우화다. 개미와, 개미가 만나는 곤충들과의 대화가 정통적인 우화 형식을 제대로 구현해 낸 듯하다. 부지런함을 상징하는 개미로 하여금 다시 한번 아무것도 하지 않는 곤충들에게 '패배'하도록 한 것도 재미있다. 그런데, 아무것도 하지 않으며 꿈을 꾼 자의 승리라는 '오독'이 가능할 수도 있어 망설임이 없지 않았다.

'하루살이 춘몽이'는 불교적인 성격의 우화라고도 할 수 있고, 삶에 대해서 깊은 생각을 끌어낸다는 점에서는 사려 깊은 동화라고도 할 수 있을 것이다. 이 작품에 대해서는 당선작으로 선정하지 못한 아쉬움이 크다. 언젠가는 동화에서도 이런 생각의 깊이가 필요할지도 모르겠다고 생각하기 때문이다. 다만, 표나게 드러난 설정이 미처 선택을 하지 못하도록 한 것이다.

'숲속의 우정'은 무엇보다 문장에서 다른 작품들보다 완성되어 있었다고 판단된다. 이 응모자가 글을 얼마나 쓰셨는지는 모르지만, 동화라든가 이야기의 문법을 이미 잘 익히고 있다. 불교 동화 확연하게 기울지 않으면서 절집 개들의 우정을 '무탈이'의 편에서 아름답게 그려냈다고 본다.

이 '무탈이'의 마음의 움직임에 어린 독자들도 쉽게 마음이 움직일 수 있을 것이라 생각한다. 당선자에게는 축하를 드리며 정진을 부탁드린다. 아쉽게 선에 오르지 못한 작품들, 또 최종에 선택되지 못한

분들께는 아쉬움을 전해 드린다. 모두에게 이 신춘문예가 좋은 경험
이 되셨기를 바란다.

심사위원 방민호(서울대 교수)

서울신문

조은비

1993년 경북 김천 출생
단국대 문예창작과 졸업
단국대 대학원 문예창작학과 석사 수료
2022 〈서울신문〉 신춘문예 동화부문 당선
eunbee3353@naver.com

사랑해

조 은 비

"윤세희, 사랑해."

정윤수의 고백과 동시에 선풍기 날개가 팽팽 돌아갔다. 나는 고민하는 척 주변을 슬쩍 둘러보았다. 점심을 먹고 돌아온 아이들이 칫솔을 입에 물고 교실과 복도를 오가며 나와 정윤수를 곁눈질했다. 얼굴이 확 달아올랐다. 고개를 푹 숙였더니, 정윤수가 내민 하트모양의 선물상자가 눈에 들어왔다.

일주일 전쯤부터 소문이 돌았다. 정윤수가 우리 반 누구를 좋아한다고, 곧 고백할 거라고 말이다. 설마 그게 나일 줄은 몰랐다. 나는 정윤수와의 몇 안 되는 기억을 끄집어냈다. 저번에 내가 우산을 씌워줘서? 아니면 지우개를 빌려줘서? 하지만 그건 친구로서 다 할 수 있는 일이었다.

교실은 조용한 듯 소란스러웠다. 모두 내 대답을 기다리고 있는 듯했다. 나는 조심히 고개를 들어 정윤수를 바라보았다. 정윤수의 속눈썹이 파르르 떨렸다.

"너무 빨라."

내 말에 정윤수가 눈을 동그랗게 떴다. 은근슬쩍 주위를 맴돌던 다정이도 날 바라보았다.

"응. 뭐라고?"

"빠르다고."

정윤수는 아까보다 더 모르겠다는 표정이었다. 설명이 좀 필요한 것 같았다.

"난 널 사랑하지 않아."

"언제 사랑할 수 있는데?"

정윤수가 물었다. 휴대폰에서 '띵' 하는 소리가 났다. 나는 슬쩍 화면을 확인했다. 즐겨찾기 해둔 웹 소설의 최신 화가 등록됐다는 알림이 와있었다. 마음속에서 북이 둥둥 울리기 시작했다. 역시 아직은 때가 아닌 모양이다. 정윤수의 고백보다 업데이트에 내 심장이 반응하는 걸 보면.

"당연히 어른은 돼야지."

내가 소설을 열며 말했다. 주말 내내 업데이트가 되길 기다렸다. 이번 화는 특히 그랬다.

"더 빨리는 안 돼?"

"안 돼."

내가 돌아서며 대답했다.

"그래도 넌 이제부터 내가 계속 신경 쓰일걸?"

정윤수가 소리쳤다. 교실에 남아있던 아이들이 환호성을 내질렀다. 으윽. 온몸에 닭살이 돋을 것 같다. 나는 몸을 부르르 떨며 도망치듯 교실을 빠져나왔다. 걸음을 재게 놀려 서쪽계단으로 갔다. 서쪽계단은 사람이 거의 오지 않아서 조용히 소설을 읽을 수 있었다. 나는 자리를 잡고 첫 문장을 눈으로 훑었다.

사랑해.

하마터면 소리를 지를 뻔했다. 나는 입을 틀어막은 채 화면을 밀어 넘겼다. 두 주인공이 드디어 서로의 마음을 확인했다. 이제 북은 마음속에서 튀어나와 귓가에서 울렸다. 소설을 다 읽고 나서도 흥분은 쉬이 가라앉지 않았다. 나는 심호흡을 하며 댓글 페이지를 열었다. 독자들이 나와 같은 마음으로 댓글을 달아둔 게 보였다.

내일이 빨리 와서, 다음 화를 또 보고 싶었다. 그런데 코인이 없었다. 지난주에 용돈을 받자마자 충전해뒀는데, 벌써 다 쓴 모양이었다. 나는 한숨을 푹 내쉬었다. 한 달에 딱 한 번만 코인을 충전하기로 엄마랑 약속했기 때문이다. 만약 약속을 어기면 다음 달 용돈은 없다.

"정윤수는 착하잖아. 받아주지 그래?"

다정이가 내 옆에 앉으며 말했다.

"됐고. 너 코인 남아있으면 나 '선물하기'로 주면 안 돼?"

"벌써 다 썼어?"

"응."

"뭐. 난 요즘 보는 것도 없고. 알았어. 줄게."

다정이가 말했다. 나는 다정이를 꼭 껴안았다.

"진짜 정윤수 관심 없어?"

다정이가 떠보듯 물었다.

"전혀. 그리고 절대 안 돼."

"안 될 건 뭐야."

다정이가 입술을 비쭉대며 말했다.

"사랑이 어떻게 쉬워?"

"그럼 어려워?"

다정이가 되물었다. 맞다. 사랑은 어렵다. 사랑은 어려워야 한다. 그게 진정한 사랑이다. 웹 소설만 봐도 그렇다. 쉽게 연결되는 사랑은 없다. 모두 진흙탕을 구르거나, 마음의 상처를 받거나, 멀리 돌고 돌아 마침내 사랑을 나눈다. 그러니, 정윤수는 안 되는 거다. 내가 좋다고만 말하면 되니까.

다정이가 대답을 바라는 듯 날 보았다. 내 사랑의 철학을 설명하려는 순간, 다정이의 휴대폰이 울렸다.

"어. 자기야. 나 지금 서쪽계단."

다정이가 전화를 받아 말했다.

"뭐? 자기야?"

내가 되물었다. 목소리가 컸는지 다정이가 입술에 검지를 가져다 댔다. 나는 미간을 잔뜩 찌푸리며 다정이를 바라보았다.

"당연하지. 나도 사랑해. 금방 갈게. 세희야, 미안. 교실에서 보자."

다정이가 자리에서 일어나며 말했다. 엊그제쯤에 좋아하던 애한테 고백한다더니, 그새 '자기야'라고 부를 만큼 가까워졌나 보다. 나는 다정이에게 어서 가라고 손을 흔들었다. 여기서 괜히 사랑의 철학 어쩌고 했다간, 다정이는 내게 소설 좀 그만 보라고 했을 거다. 사랑은 이야기 속이 아니라, 세상에 있다면서 말이다.

나는 웹 소설 앱을 다시 켰다. 새로 올라온 작품을 탐색하는 사이에 그만 수업 종이 울렸다. 난간에 올라타 계단을 미끄러지듯 내려왔다. 교실에 오니까, 아직 선생님은 오지 않았다. 대신, 내 책상 위에 쪽지 한 장이 놓여있었다. 나는 쪽지를 서랍 밑으로 가져가 펼쳤다.

사랑해.

혹시 정윤수가 보낸 건가? 나는 고개를 슬쩍 들었다. 정윤수는 책상에 엎드려 자고 있었다. 뒷자리에 앉은 반장이 내 등을 톡톡 두드렸다.

"야, 그거 대각선으로 넘겨."

반장이 말했다. 나는 쪽지를 다시 접었다. 가만 보니, 겉면에 대각선에 앉아있는 아이의 이름이 적혀있었다. 기억이 났다. 한 달 전에 있었던 고백 사건 말이다. 소문에 의하면 반장은 방과 후에 교실을 통으로 빌려서 고백했다고 했다. 하트 풍선으로 칠판을 장식하고, 바닥에 장미꽃잎을 뿌려서 말이다.

아주 고전적인 수법이다. 나는 쪽지를 다시 접어 대각선에 앉아 있는 아이의 책상으로 던졌다. 그 애는 쪽지를 확인하더니, 수줍게 미소를 지었다. 좋을 때다. 나는 턱을 괸 채 교실을 둘러보았다. 새 학기가 시작된 지도 벌써 3개월이 흘렀다. 그새 공식만 세 커플이 나왔다. 모르긴 몰라도 조용히 사귀는 애들까지 포함하면 더 많을지도 모른다.

'사랑이란 뭘까?'

요즘 애들은 사랑을 너무 남발한다. 사랑은, '사랑해'란 말은 정말로 사랑하는 사람에게 해야 하는 거 아닐까. 그중에서 진정한 사랑을 하는 아이들은 몇이나 될까? 나는 곁눈질로 정윤수를 쳐다보았다. 정윤수는 여전히 세상모르고 자고 있었다. 저렇게 대놓고 엎드려있는데, 선생님이 못 보는 게 용할 지경이었다. 나는 궁금했다.

'쟤는 뭘 안다고 나한테 사랑한다고 한 걸까?'

5교시 체육시간. 정윤수는 아까부터 운동장 한구석에 쪼그리고 앉아 모래를 주물럭댔다. 손가락 사이로 흘려보내기도 하고, 한 주먹 가득 움켜쥐기도 했다.

"이쪽으로 패스해!"

다정이가 소리쳤다.

"어, 어, 알았어."

내가 어버버 하는 사이, 상대팀에게 공을 빼앗겼다. 경기에 집중해야 하는데. 시선이 자꾸만 정윤수 쪽으로 갔다. 모래바람이 날리고 아이들의 거친 숨소리가 가득한 운동장에서 정윤수는 혼자만 평온했다.

공이 정윤수가 만든 모래언덕으로 굴러갔다. 순식간에 모래언덕이 무너졌다. 정윤수가 꼭 울 것 같은 표정으로 입술을 빼쭉 내밀었다. 그 입술이 꼭 오리주둥이 같아서 하마터면 귀엽다고 말할 뻔했다. 나는 슬그머니 정윤수에게 다가갔다. 바닥에 그림자가 지자, 정윤수가 날 올려다보았다.

"너는 왜 축구 안 해?"

내가 물었다. 정윤수는 내 얼굴을 보고는 손에 쥔 모래를 흘려보내고, 벌떡 일어섰다. 얼굴이 새빨개졌다. 원래부터 빨갰는지는 몰라도.

"난 땀나는 거 안 좋아해. 아, 그렇다고 네가 땀 흘리는 게 싫단 뜻은 아니야."

정윤수가 말했다. 이렇게 속이 훤히 들여다보이는 애는 처음이다. 그리고 그 마음을 꾸밈없이 내보이는 애도. 그러니까 교실 한복판에서 고백했겠지.

"오해 안 해."

"그럼 이거 쓸래?"

정윤수가 손수건을 내밀었다.

"넌 이런 것도 가지고 다녀?"

"뭐 그냥."

나는 손수건으로 땀을 닦았다. 손수건에는 토끼 모양의 자수가 새겨져 있었다. 얼굴이 달아오른 정윤수를 닮았다. 귀엽다. 아니지.
아니야. 나는 고개를 좌우로 흔들었다.

"윤세희! 공!"

다정이가 소리쳤다. 그래 맞다. 나는 공을 가지러 온 것뿐이다. 정
윤수가 공을 주워 건넸다. 나는 공을 받아들고 운동장 한가운데로
던져 보냈다. 공이 공중에서 포물선을 그리며 날아갔다. 쿵. 공이
바닥에 닿는 순간, 내 마음도 내려앉는 것만 같았다. 둥둥. 쿵쿵. 심
장이 팔딱팔딱 뛰었다. 그 움직임이 너무 커서, 나는 다른 아이들이
눈치챌까 봐 재빨리 필드로 뛰어 들어갔다.

"신경 쓰이는구나?"

다정이가 내 얼굴을 들여다보며 말했다. 나는 그 시선을 피해 고
개를 돌렸다. 그 와중에도 내 눈은 정윤수를 좇았다. 정윤수는 새롭
게 모래언덕을 쌓기 시작했다. 다시 처음부터 차근차근. 어쩌면 남
자친구로 나쁘지 않을지도……. 아니다. 내가 지금 무슨 생각을 하
는 건지. 나는 경기에 마저 집중했다.

집으로 돌아와 습관처럼 웹 소설 앱을 열었다. 나는 로맨스 장르
에 빠삭하다. 유명한 작품은 물론이고, 무명작가의 작품도 웬만해
선 다 읽었다. 나만 알고 있던 작품이 입소문을 타고 인기가 많아지
면 왠지 뿌듯했다. 지금 찾아낸 작품도 내가 첫 화부터 빠짐없이 댓
글을 달았다.

나는 작품에 대한 칭찬을 가득 담아 댓글을 썼다. 오늘은 한 문장

을 더 추가했다.

작가님, 초등학생도 이런 멋진 사랑을 할 수 있을까요?

내가 본 웹 소설의 주인공은 모두 어른이다. 아니면 최소한 고등학생 정도는 되거나. 사랑에는 나이가 없다는 노래도 있는데, 왜 초등학생의 사랑 이야기는 찾기 힘든 걸까. TV에서도 연예인들이 초등학생 때의 연애담을 풀어놓으면 다들 그건 사랑이 아니라고 한다. 소꿉놀이에 불과하다고 말이다. 어른들은 아무것도 모른다. 소꿉놀이는 유치원 졸업과 동시에 끝났다는 걸.

나는 '작성' 버튼 앞에서 손가락을 오므렸다 폈다 했다. 결국 마지막 문장을 지우고 댓글을 올렸다. 그 사이, 최신 화가 업데이트되었다. 나는 다정이가 선물해준 코인으로 결제해 소설을 읽었다. 사랑이 이뤄지니까, 재미가 전보다는 없었다. 최신 화를 마저 읽은 뒤에는 1화로 돌아갔다. 소설을 처음부터 다시 읽으며 설렘을 느끼고 싶었다.

1화에서는 주인공의 생김새에 대한 설명이 나왔다. 말간 얼굴에 눈 옆에 난 점, 가만히 있어도 위로 올라가 있는 입꼬리. 이상했다. 꼭 정윤수를 묘사하는 것 같다. 나는 페이지를 닫고 표지를 살폈다. 일러스트 속 주인공은 내가 알던 그 주인공이 맞다. 그런데 자꾸…… 정윤수가 겹쳐진다. 멋진 옷을 차려입은 정윤수가 그림 속에서 나를 보고 있는 것 같다.

나는 아예 화면을 끄고 침대에 풀썩 드러누웠다. 하얀 천장에서도 정윤수의 얼굴이 아른거렸다. 눈을 감았다. 어둠 속에서도 정윤수의 얼굴이 나타났다. 나는 눈을 비비기도 하고, 이불을 뒤집어쓰기도 했다. 소용없었다. 정윤수는 언제 어디서든 불쑥, 내 눈앞에 나타났다. 밥을 먹다가도, 축구를 하다가도, 학원에 가다가도 불쑥.

최신 화는 날마다 업데이트되었다. 예전 같으면 빨리 들어가서 보고, 댓글도 남겼을 텐데. 작가님도 똑같고, 주인공들도 그대로인데.

소설이 재미없어졌다.

정윤수가 좋아졌다.

소설을 읽는 것보다 정윤수를 생각하고 정윤수를 바라보는 게 더 좋다.

아이들이 사랑한다고 말하는 데에는 이유가 있었다. 사랑의 씨앗이 뿌려지고, 씨앗이 새싹이 되고, 새싹에서 잎사귀가 나고, 꽃이 피기 시작하면 그땐 너무 늦었다. 속에만 품고 있기에는. 정윤수를 볼 때마다 마음이 울렁거렸다. 정윤수가 내게 '사랑해'라고 말했던 그 순간의 마음을 나도 알 것 같았다.

나는 서쪽계단으로 정윤수를 불러냈다.

"나도 널 좀 사랑하는 것 같아. 아니, 사랑해."

말을 내뱉고 나니까, 숨이 차올랐다. 그만큼 속이 시원했다. 사랑은, '사랑해'란 말은 아껴둘 필요가 없었다. 쓰면 쓸수록 닳는 게 아니니까. 정윤수는 대답이 없었다. 그럴 만도 했다. 내가 자기랑 같은 마음이라는데. 놀라지 않을 수가 없는 거다.

"미안. 나 여자친구 있어."

"뭐?"

"나도 고백받았어. 해수가 날 좋아한대."

정윤수가 말했다. 정윤수의 휴대폰이 울렸다. 슬쩍 보니, 그 '해수'란 애에게서 전화가 왔다. 정윤수는 전화를 받아야 할지, 말아야 할지 난감한 모양이었다. 나는 정윤수를 붙잡고 구구절절 말하고 싶었다. 해수는 널 좋아한다고 했지만 난 널 사랑한다고. 내가 사랑한다고 말하는 게 얼마나 큰일인지 너는 모른다고. 그러니까, 그러니까…….

"가, 가볼게."

정윤수가 게걸음으로 슬금슬금 자리를 피하더니, 이내 복도를 달려갔다. 나는 층계참에 주저앉아 머릿속을 정리했다. 방금 나는 정윤수에게 고백했다. 일주일 사이에 부침개 뒤집듯이 말을 바꾸는 애에게 사랑한다고 말했다. 온몸에 소름이 돋았다. 뭔가에 홀린 게 틀림없었다. 그러지 않고서는 내가 저런 애를 사랑했을 리가, 아니 사랑한다고 믿었을 리가 없다.

"사랑해."

내가 그토록 소중히 여겼던 말이다. 막상 입 밖으로 내뱉고 나니까, 별거 아닌 것 같았다. 나는 다시 한번 더 '사랑해'라고 말했다. 다시, 또다시. '사랑해'를 반복해서 말하면 내가 한 고백이 덮어질 것처럼. 사랑이 어떻게 이토록 별거 아니게 끝날 수 있을까.

"뭐야? 괜찮아?"

다정이가 다가왔다. 서럽다. 서러워서, 눈물이 와락 쏟아졌다. 다정이가 나를 꼭 껴안아 주었다. 나는 엉엉 소리 내 울었다.

"고백할 거 있어."

다정이가 말했다. 그리고는 한참 뜸을 들였다. 나는 코를 훌쩍이며 다정이의 다음 말을 기다렸다.

"나 헤어졌어."

"뭐라고?"

내가 다정이를 밀치며 물었다. 다정이가 멋쩍게 웃으며 나를 다시 안았다.

"사실 나는 그 애를 좋아했다기보단, 그 애를 좋아하는 내 마음을 좋아한 것 같아. 그 설레고 간질간질한 마음 말이야."

다정이가 말했다. 나는 대답 대신 고개를 끄덕였다. 여전히 사랑은 모르겠지만, 다정이가 한 말만큼은 누구보다 잘 이해할 수 있었다.

"사랑해."

내가 말했다. 하고 많은 사랑 중에, 절대 변하지 않는 사랑을 나도 찾을 수 있을까? 소설에서처럼 운명적인 사랑을 나도 할 수 있을까?

"나도 사랑해."

다정이가 내 등을 토닥토닥해주었다. 다정이의 다정한 말 한마디가 꼭 이렇게 다짐하는 것만 같다. '나는 변하지 않을 거야'라고. *

수상소감

조 은 비

저는 화가 많습니다. 빨래가 안 마를 때도, 안경에 김이 잔뜩 서릴 때도, 어제 본 것 같은데 오늘 또 여자들이 죽었더란 소식을 들을 때도 어김없이 화가 차오릅니다. 그렇게 차오른 화 때문에 저는 살았고, 가끔은 죽고 싶었습니다. 죽고 싶어지면 제가 할 수 있는 일을 했습니다. 한글을 열고, 좀비가 잔뜩 나오는 동화를 썼습니다. 좀비는 저의 또 다른 이름이었기 때문에 위안이 되었습니다. 제 이름 석 자 '조은비'를 반복해서 점점 빠르게 발음해 보세요. 조은비, 조ㅁ비, 존비, 좀비….

해가 뜨면 독서 수업에 나갔습니다. 하루는 그곳에서 만난 어린이에게 물었습니다.

"소희야, 만약에 네가 사랑하는 사람이 모두 죽거나 좀비가 된다면 어떨 것 같아? 그래도 살고 싶을까?"

"당연하죠. 꼭 끝까지 살아남을 거예요."

"왜?"

소희가 심드렁하게 대답했습니다.

"저는 어리잖아요. 못 해본 게 너무 많은데요."

그날 저는 집으로 돌아와 그간 썼던 모든 이야기를 지웠습니다. 죽고 싶지 않아졌습니다. 살아서 '살고 싶은 어린이들의 이야기'를 계속해서 쓰고 싶었습니다.

서른이 되기 전에 죽을 거라던 친구의 말이 요즘 들어 자주 떠오릅니다. 여전히 죽고 싶은지 묻고 싶은데, 무서워서 못 물어봤습니다. 당선 소식을 들은 아빠는 '죽으서도 응원할게'라는 문자를 보내왔습니다. 왜 하필 죽어서도 응원한다는 건지. 또 화가 납니다. 저는 여전히 화가 많고, 그 화를 어떻게 써야 할지 모르겠습니다. 모르기 때문에, 제가 할 수 있는 일을 하고자 합니다. 계속 말하고, 또 쓰겠습니다. 그리고 죽지 않고 살아가겠습니다.

이 다짐을 가능케 해준, 화를 다스리는 방법을 알려주신 임소희 어린이에게 고맙다는 말을 전합니다.

사춘기 소녀의 웃픈 흑역사…
'사랑이 뭘까' 물었다

예년보다 다소 적은 수의 응모작이 모였지만 본심에 올라온 작품들의 면면은 예년보다 더 다채롭고 흥미로웠다. 올해 심사의 화두는 '200자 원고지 30장 내외'로 지금의 어린이, 청소년의 삶을 충분히 담아낼 수 있는가였다. 올해는 본심작들이 유년, 저학년 대상보다 상대적으로 높은 연령 대상이었기 때문이다.

'고사리 장마'는 스토리보다 오묘한 분위기가 승한 단편이다. 하나 결론을 어찌 해석할지 모호했고, 동화의 토속성은 자칫 성인의 취미에 갇힐 수 있다는 점이 지적됐다. '우주인'은 갓 태어난 동생에 대한 질투와 기대를 품은 아이를 솔직히 그렸는데 마지막 급반전은 아무래도 무리였다. '하늘은 분홍색도 어울려'는 정상과 비정상의 경계를 허무는 사랑스러운 이야기였지만 세련된 교훈주의, 계몽의 범주를 벗어나지 못한 아쉬움이 있었다. '소원 쪽지의 비밀'은 코로나 시국을 견디는 교사와 아이의 마음이 퍼즐처럼 딱 들어맞는 스토리가 절

묘했다. 그러나 작품 속에 묘사된 학교의 사정은 작년의 것이고, 초등 2학년이라는 주인공의 말과 생각이 어쩐지 어른의 것 같았다.

'사랑해'는 두 심사위원이 전혀 이견 없이 당선작으로 기꺼이 뽑은 작품이다.

어느 누가 읽더라도 '정말 잘 썼다'며 감탄과 웃음을 자아낼 것이다. 가벼운 사랑을 하지 않겠다며 철벽을 쳤지만 이미 마음이 설레어 버린 사춘기 소녀의 웃픈 흑역사는 읽는 이에게 철학적인 화두를 던진다.

사랑을 상품으로 만들어 소비하는 세상 속에서 자신을 잃지 않으려는 주인공은 어린이를 떠나 한 인간으로서 존경받을 만하다.

'200자 원고지 30장 안팎'이란 제한 가운데 이 시대의 사랑론을 설파할 수 있었던 것은 작가의 능력인 동시에, 어쩌면 동화라서 가능한 오병이어의 기적일지 모르겠다. 아동문학의 잠재력을 새삼 일깨워 준 당선자에게 다시 한번 박수를 보낸다.

심사위원 유영진 · 박숙경 (아동문학평론가)

전남매일

문 채 영

2001년 수원에서 출생했다.
현재는 한양여자대학교 문예창작학과에 재학 중이며
마트에서 행사 일을 주로 하고 있다.
2022 〈전남매일〉 신춘문예 동화부문 당선
mcy57498@naver.com

새벽 놀이터

문 채 영

자정을 넘긴 시각이었다. 도로를 달리는 차들도 없고 지나다니는 사람도 없었다. 아파트 단지 내 놀이터는 한없이 조용하기만 했다. 그때 그네 밑에 있는 완충용 블록 하나가 들리더니 그 밑에서 검은 색의 무언가가 고개를 빼꼼 내밀었다. '공'이었다. 공은 오래전부터 이 놀이터에 사는 수수께끼의 생물이었다. 공은 낮 동안엔 줄곧 놀 이터 밑 땅굴에서 잠을 자다가 늦은 밤이 되어서야 움직이곤 했다. 밤이 되어야 사람들도 없고 놀이터가 조용해지기 때문이다. 공은 혼자인 게 편했다.

오늘 밤도 놀이터는 조용하기만 하다. 공은 텅 빈 놀이터를 차지 하기 위해 그네 밑에서 빠져나왔다. 그때 옆에서 누군가가 소리를 질렀다.

"으악, 벌레! 아니 뭐야!"

옆 그네에는 한 여자아이가 앉아있었다. 보민이었다. 보민은 놀이 터에서 아빠를 기다리던 중이었다. 보민의 아빠는 연락도 없이 밤

늦도록 돌아오지 않고 있다. 할머니께서는 먼저 자자고 했지만 보민은 불안해서 잠이 오지 않았다. 결국 할머니께서 주무시는 틈을 타 보민은 아파트 단지 내 놀이터로 슬며시 나오고 말았다. 아빠를 조금이라도 일찍 만나기 위해서였다.

그러던 중 옆 그네 밑에서 갑자기 이상한 생물이 기어 올라온 것이다. 보민은 갑자기 튀어나온 공을 보고 소스라치게 놀라 그네에서 자빠졌다. 공은 당황했다. 가끔 공이 놀이터에서 마주치던 사람은 고작해야 이상한 가면을 쓴 커다란 그림자들뿐이었다. 보민은 그들과 비슷한 가면을 썼지만, 너무 작았고 그림자도 아니었다. 공은 보민을 어떻게 대해야 할지 몰라 머뭇거렸다. 우선 보민을 일으켜줘야겠다는 생각에 보민에게 다가갔다.

"미안 놀라게 해서. 괜찮아?"

"악, 마, 말했다!"

보민은 더욱 놀라서 자빠진 채로 뒷걸음질을 했다. 울상이 된 보민을 보니 공은 다시 땅굴 속으로 돌아가고 싶어졌다. 자신은 사라지는 편이 낫다는 생각이 들어서였다. 공은 그대로 뒤돌아 기어 나온 구멍으로 다시 들어가려 했다. 그때 보민이 공을 불렀다.

"자, 잠깐! 그, 저기… 다시 안 들어가면 안 될까? 안 무서워할 테니깐."

보민은 공에게 조금씩 다가가며 쭈뼛쭈뼛 말했다. 늦은 밤 홀로 놀이터 그네에 앉아있기 너무 무서웠던 것이다. 너무나도 익숙한 집 앞 놀이터였는데도 밤이 되니 무척이나 달라 보였다. 뒤에서 무언가가 나타날 것만 같았고 동굴 모양의 미끄럼틀에서는 귀신이라도 튀어나올 것 같았다. 보민은 할머니 몰래 놀이터로 나온 것을 잠시 후회했다. 하지만 보민은 이 무서움을 이기고서라도 이 놀이터에 남아있어야 했다. 보민에게는 이보다 훨씬 더 무서운 것이 있었기 때문이다.

보민은 최대한 공포를 이겨내려고 했지만 가슴이 여전히 콩닥콩닥 뛰던 참이었다. 새벽의 놀이터는 썰렁해서 더 무서웠다. 그러던 때 바닥에서 공이 나타난 것이다. 보민은 공도 매우 무서웠지만 아무도 없는 놀이터보다는 덜 무섭게 느껴졌다. 처음 보는 생물이더라도 같이 있으면 훨씬 든든할 것 같았다. 보민은 공이 돌아가지 않길 바란다는 듯이 두 손을 깍지끼고 공을 바라보았다. 공은 돌아가고 싶었지만 보민의 말에 구멍으로 들어가는 걸 그만두었다. 배도 무척이나 고팠기에 공은 지상에 남기로 했다.

공은 그네를 벗어나 미끄럼틀이 있는 놀이기구 위로 올라갔다. 놀이기구 위에는 색깔 점토 같은 것들이 사방에 흩뿌려진 채 반짝반짝 빛나고 있었다. 공은 미끄럼틀과 외나무다리, 전망대와 그물망 사이를 넘나들며 반짝반짝 빛나는 점토들을 먹었다. 보민은 그 빛나는 것들이 무엇인지 궁금해졌다.

"지금 뭐 먹는 거야?"

"에너지야. 낮 동안에 아이들이 놀이터에서 신나게 놀다가 흘린 에너지들을 먹고 있는 거야."

"아이들이 에너지를 흘린다고?"

"응, 아이들은 에너지가 넘치는 데 반해 몸이 작으니까. 자꾸 이렇게 흘리는 거야. 이걸 그대로 놔두면 놀이터가 그 에너지를 빨아들여서 마구 날뛰기 시작하거든. 그래서 내가 먹어주고 있는 거야. 나는 아무리 먹어도 날뛰지 않거든."

"놀이터엔 맨날 그게 쌓여?"

"그럼, 아이들이 놀다 간 날엔 항상 쌓여."

"하지만 난 오늘 처음 봤는데."

"이건 필요한 사람한테만 보이는 거야."

보민은 자신에게도 그 에너지가 필요한 것인지 궁금해졌다. 그렇다면 자신도 공처럼 에너지를 먹어야 하는 걸까? 에너지는 무슨 맛인 걸까? 보민은 이런저런 고민에 머리가 복잡해졌다. 항상 보민은 생각이 많아 탈이었다. 그래서 맨날 공부에도 집중하지 못한다. 특히나 아빠가 직장에 나가지 않게 된 후부터는 더욱 생각이 많아졌다. 글자나 숫자가 눈에 들어오지 않고 머릿속을 빙빙 돌기 일쑤였다. 할머니는 잡생각은 그만두고 공부나 열심히 해서 좋은 성적을 받아오는 게 아빠를 도와주는 것이라고 하셨다. 하지만 그게 마음대로 되지 않아 답답하였다.

보민은 공을 바라보았다. 공은 그림자 같기도 하고 두더지 같기도 한 몸짓으로 놀이기구 사이사이를 넘나들고 있었다. 공은 아무 고민이 없어 보였다. 보민은 공이 부러웠다.

"너는 매일 이렇게 놀이터에서 놀면서 에너지도 먹고 하는 거야?"

"응. 나는 그것밖에 할 줄 아는 게 없거든."

"진짜? 마법이나 요술 같은 것도 못 해?"

"나는 그런 거 못 해. 나는 아무것도 아니거든."

보민은 은근히 실망했다. 공이 이 놀이터에 사는 요정이 아닐까 기대했기 때문이다. 공이 특별한 능력을 가지고 있었다면 도와달라고 하려 했는데 그럴 수가 없게 되었다. 하지만 보민은 왠지 모르게 공이 더 좋아졌다. 특별히 할 줄 아는 게 없다는 점이 자신과 똑 닮았기 때문이다.

"그래도 넌 좋겠다. 할 줄 아는 게 없어도 괜찮아서. 나는 딱히 잘하는 게 없어서 항상 문제인데."

"왜 그게 문제인거야?"

"뭐든 잘하는 사람이 돼야 좋은 직장도 다니고 돈도 많이 벌 수 있다고 했거든. 할머니가 그러시는데 내가 꼭 돈 많이 벌어서 아빠를 행복하게 해드려야 한 대. 아빠가 혼자서 나 키우느라 고생하시니까 말이야. 근데 나는 아직도 제대로 할 줄 아는 게 없으니깐, 아빠를 행복하게 해드리지 못할거야."

보민은 금세 시무룩해져서 고개를 떨구었다. 아빠가 이 사실을 알게 되면 엄마처럼 보민을 떠날지도 모른다는 생각이 들었다. 엄마는 5년 전에 보민의 곁을 떠났다. 보민과 함께 살았을 적에 엄마는 많이 우울해했다. 엄마는 아빠랑 같이 사는 것보다 혼자 사는 게 더 좋다면서 먼 곳으로 가버렸다. 하지만 보민은 생각했다. 사실 아빠보다 자신과 함께 살기 싫어서 엄마는 가버린 것이 아닐까 하고 말이다. 거기까지 생각하자 보민은 기분이 울적해졌다. 보민은 한숨을 쉬었다.

"나는 왜 이 모양인 걸까?"

그러자 공이 몸을 늘려 보민에게 다가왔다. 공은 옆에 있는 그넷줄에 대롱대롱 매달렸다.

"내가 만났던 그림자들하고 똑같은 소리를 하는구나, 너."

"그림자?"

"응, 가끔 놀이터 위로 올라와 보면 커다란 그림자가 앉아 있거든. 신문지를 덮고 누워있기도 하고, 몸을 휘청거리면서 고함을 치기도 해. 전에 만난 그림자는 웅크린 채로 나쁜 말을 잔뜩 하고 있었어."

"그림자들하고도 이렇게 이야기해봤니?"

"그다지. 그림자들은 날 귀찮아하거든."

"이야기하는 걸 귀찮아하다니… 그림자는 어쩐지 나보다 우리 아빠랑 비슷하네."

보민은 바로 어제 일을 떠올렸다. 보민은 미술 시간에 만든 장난감을 자랑하려고 아빠 방에 찾아갔다. 하지만 아빠는 지금 바쁘니까 나가라는 손짓을 했다. 요즘 아빠는 늘 그런 식이었다. 일하러 나가지 않게 된 아빠는 전보다 더 기운이 없어 보였고 짜증도 잘 내었다. 그런 아빠를 귀찮게 했으니 아빠는 보민을 이제 싫어하게 된 건지도 몰랐다. 그래서 이렇게 밤늦도록 아무 연락 없이 집에 돌아오지 않는 걸까? 아빠는 오늘 새 직장을 얻기 위해 면접을 보고 오겠다고 나갔다. 면접을 본 후 다시 돌아올 것처럼 이야기하긴 했지만, 그것은 거짓말인지도 몰랐다. 아빠는 이 집을 영영 나간 것일 수도 있다. 다시 불안한 생각들이 보민의 머릿속을 맴돌았다. 이러면 안 된다는 생각이 들어 보민은 고개를 세차게 저었다.

"네가 봤던 그 그림자들 말이야, 아침엔 전부 자기 집으로 돌아갔을까?"

"그건 나도 모르겠어. 아침이 되기 전에 다들 어딘가로 사라지기는 했어."

"놀이터를 떠났다면 다들 집으로 돌아간 걸 거야. 나는 그렇게 믿을래."

사람들은 아무리 많은 곳을 돌아다녀도 마지막엔 집으로 가기 마련이니까. 보민은 그림자들도 집으로 돌아갔다고 믿기로 했다. 그리고 틀림없이 아빠도 집으로 돌아올 거라고 믿기로 했다. 분명 아직 돌아다녀야 할 곳을 다 돌아다니지 못해서 집에 돌아오지 못하고 있는 것뿐일 것이다. 보민은 날이 밝을 때까지 아빠를 기다리기로 했다.

그때였다. 저 멀리 아파트 입구에서 누군가가 휘청휘청 걸어오고 있는 것이 보였다. 바람을 타고 술 냄새가 밀려왔다. 공은 고개를 내밀고 그곳을 쳐다보았다. 커다란 그림자가 혼자서 떠들며 놀이터로 다가왔다. 보민은 그림자를 보더니 한달음에 달려나갔다.

"아빠!"

그림자도 보민을 보았다. 그림자는 무척이나 놀란 눈치였다.

"네가 왜 여깄어? 안 잤어?"

"아빠 빨리 보고 싶어서 밖에 나와서 기다리고 있었어."

보민은 너무 기뻐서 팔짝팔짝 뛰며 그림자에게 안기려 했다. 하지만 그림자는 힘들다는 듯이 보민을 살짝 밀어내었다.

"아빠 지금 술 때문에 머리 울리니까 얌전히 있어. 집에 라면 있지? 아빠 해장 좀 하자."

그림자는 보민을 지나쳐 집을 향해 비틀비틀 걸어갔다. 보민은 크게 실망했는지 한숨을 쉬며 땅바닥을 보았다. 공이 그런 보민에게 쭈뼛거리며 다가왔다. 공은 품 안에 에너지들을 잔뜩 안고 있었다. 공이 에너지들을 보민에게 내밀었다.

"이거 나눠줄게. 작별 선물이야."

"이거를? 하지만 이거 내가 먹을 수 있는 걸까? 먹고 배가 아프진 않겠지?"

"사람이 흘린 에너지니까 분명 괜찮을 거야."

보민은 자신의 두 손안에 가득 쌓여있는 에너지들을 보았다. 알록달록한 것이 꼭 별사탕 같았다. 보민은 말없이 에너지들을 쳐다보다가 그림자의 뒷모습을 보았다. 보민은 공에게 고맙다고 말하며 두 손 가득 에너지를 들고 그림자를 향해 뛰어갔다.

"아빠! 내가 라면보다 더 좋은 거 줄게. 이거 술 깨는 데 좋은 약이래."

그림자는 뭐라 웅얼거리며 말하더니 보민에게서 받아든 에너지들을 한 번에 입안으로 털어 넣었다. 보민은 조심스럽게 그림자의 반응을 살폈다.

"아빠, 어때?"

그림자는 아무 말 없이 우뚝 선 채 눈을 감았다. 잔뜩 찡그려져 있던 그림자의 얼굴이 서서히 펴지기 시작했다.

"어쩐지 가벼워진 기분이야. 날 짓누르던 게 사라진 것 같아."

그림자는 가슴을 펴고 밤공기를 들이마셨다. 그러자 그림자의 가면이 깨지고 몸에서 검은색이 사라지기 시작했다.

"고맙다, 보민아. 이거 약효가 좋은데? 무슨 약이었어?"

"그건 나도 까먹었어. 그나저나 면접은 어땠어?"

"엉망이었지. 그래도 우리 딸을 보니까 기운이 좀 나는 것 같아."

공은 멀리서 그림자가 아빠의 모습으로 변하는 것을 지켜보았다. 그림자였던 남자는 어느새 보민의 손을 잡고 걸어가고 있었다. 보민은 아빠의 손을 두 손으로 꼭 잡고 신나게 깡충깡충 뛰었다. 에너지를 먹지 않은 보민도 아빠만큼이나 몸이 가벼워진 모양이었다. 아빠가 보민을 보기 위해 고개를 옆으로 돌렸다. 공은 그제야 처음으로 아빠의 민얼굴을 보게 되었다. 공이 중얼거렸다.

"그림자는 저런 얼굴이었구나."

공이 고개를 살짝 돌리자 길가 근처에 세워진 볼록 거울이 보였다. 새까만 덩어리 같은 공의 모습이 보였다. 공은 자신의 모습을 가만히 쳐다보다가 고개를 숙여 손안에 남아 있던 에너지들을 바라보았다. 공은 에너지를 한 입 먹고는 거울 속의 제 모습을 다시 한

번 바라보았다. 아무것도 변한 것은 없었다. 공은 여전히 공이었다. 공은 이제 다시 땅굴 속으로 돌아가고 싶어졌다. 공은 자신이 나왔던 구멍으로 들어간 후 블록 뚜껑을 닫았다.

수상소감

문 채 영

설마하니 저에게도 수상소감이라는 글을 적게 되는 날이 오게 될 줄 몰랐습니다. 그저 '언젠간'이라는 마음으로 막연하게 생각하던 일이 예상치도 못하게 눈앞에 뚝 떨어지니 해야 할 말도 나오지 않네요. 올해 겪었던 일 중 가장 희한하고 신기한, 무엇보다도 매우 기쁜 일입니다.

계획되었던 인생이 슬슬 끝나가고 있던 참이라 항상 마음속에 걱정을 안고 살던 한 해였습니다. 어디로 가서 어떻게 살아야 할지 전혀 모르는 상태에서 그저 눈앞에 닥친 일들을 해치우느라 바쁘게 움직였습니다. 눈 떠보니 올해가 얼마 안 남아 있고 저는 작년과 비교했을 때 별로 변한 게 없는 기분이었습니다. 제대로 이뤄낸 것도 없이 모든 게 끝나버렸다고 생각하던 저에게 전남매일 신문사가 찾아와 새로 시작하라고 등을 떠밀어준 느낌입니다. 갈 길이 구만리이고 행선지도 모르지만, 천천히 걸어보아야겠습니다. 걷기는 제 특기이니까요.

이왕 수상소감을 말할 기회가 생겼으니 감사의 말을 적지 않으면 안 되겠습니다. 온갖 농담과 잡담 속에서 저에게 보석과도 같은 아이디어들을 던져주었던 친구들, 제 앞날을 은근히 걱정하시며 회유하시면서도 끝내는 조용히 저를 응원하며 지켜봐 주시는 부모님, 가장 현실적인 조언으로 저를 구제해주는 언니, 모두에게 감사의 말을 전합니다. 그리고 저의 영원한 글 선생님이신 이현우 선생님께 정말 큰 절을 올리고 싶습니다. 입시를 하던 반년 동안 글을 배운 인연밖에 없지만, 선생님 덕분에 저의 글이 크게 발전할 수 있었습니다. 단순히 입시에 붙기 위한 글을 알려주는 것을 넘어서 제가 스스로 공부하고 발전할 수 있도록 방향을 잡아주시고 방법을 알려주셔서 감사합니다. 그리고 마지막으로 아직은 엉성하기 그지없는 저의 글을 당선작으로 뽑아주신 심사위원분들에게 진심으로 감사 인사를 올립니다. 덕분에 단순한 습작으로만 남을 뻔했던 저의 글을 세상에 알릴 기회를 얻게 되었습니다. 앞으로 더욱 상상하고 공부하고 연구하면서 지금보다 훨씬 정교하고 깊은 이야기를 쓸 수 있도록 정진하겠습니다.

무난함을
넘어서야 한다

기대는 종종 빗나가기도 하지만 응모작을 손에 든 순간 우리는 새로운 작품, 새로운 작가와의 만남을 기대한다. 한 편 한 편 읽다보니 응모작 수만큼이나 작품들이 다양했다. 그러나 대체로 익숙한 소재를 무난하게 쓴 작품들이었다. 사실 무난한 작품을 쓰는 것도 쉬운 일은 아니다. 오랫동안 동화를 읽고 글을 써야 무난한 작품이라도 나오기 때문이다. 그러나 무난한 것만으로는 안 된다. 새로운 시도나 자기만의 시선, 자기만의 동화적 세계가 필요하다.

'축구공은 구를 뿐이야'는 여자라서 '000는 안 된다'는 사회적 통념에 맞서는 씩씩한 여자아이의 이야기이다. 주제, 구성, 문장 모두 무난한데 주변 인물 모두를 주인공 서우의 반대편에 세우는 등, 주제를 드러내기 위한 설정이 도드라져 아쉬웠다. 주제보다 인물이 앞에 나서야 하지 않을까 싶다.

'오늘은 맑은 날'은 인정 욕구를 바탕으로 한 자매간, 형제간 이야기로 무난하게 잘 쓴 작품이다. 그러나 흔한 소재를 익숙한 형식으로 형상화했다.

'귀 기울여 봐'는 어린이들이 맨홀에 갇힌 맹꽁이를 구출하기 위해 작전을 펼치는 이야기이다. 서술 면에서나 소재 면에서 매우 안정적이고 문장도 편하게 잘 읽혔다. 어린이들이 동물을 구출하는 여느 이야기들과 구별되는 지점은 없었다.

'새벽 놀이터'는 이미지가 남는 동화였다. 디테일 면에서 서투름은 있으나 자기만의 상상력을 바탕으로 작품 쓰기를 시도하고 있었다. 인적이 끊어진 어두운 놀이터에서 아빠를 기다리는 아이의 두려움과 불안, 그 속에 묻어 있는 작가의 마음이 느껴졌다. 그래서 고심 끝에 '새벽 놀이터'를 당선작으로 뽑았다.

심사위원 임정자(동화작가)

전북일보

박 영 미

1978년 전남 여수 출생
2009년 일본 류코쿠(龍谷) 대학교,
동양사학과 졸업
2022 〈전북일보〉 신춘문예 동화부문 당선
pymami7878@naver.com

지하철역 아이

박 영 미

"뚜루루루 뚜루루루 ……. 열차가 들어오고 있습니다. 승객 여러 분께서는 안전선 밖으로 물러서 주시기 바랍니다."

안내방송이 나오자마자 열차는 정리된 책장의 책처럼 제자리에 착착 멈추었어. 그러고는 입을 벌려 몇 안 되는 승객을 토해놓기가 바쁘게 또 몇 안 되는 승객을 빨아들이고 꽁무니를 빼 버렸어. 그 렇지 않아도 사람의 발길이 뜸 한 곳인데 열차가 지나간 역사는 정 말 조용하고 쓸쓸했어.

나는 역 이곳저곳, 구석구석을 빈틈없이 비추며 승객들의 안전을 책임지는 일을 하고 있는 보안카메라야. 이 역사 안에 내가 보고 듣 지 못하는 것은 거의 없어. 내가 이 역에 처음 설치되었을 때 사람 들의 기대가 얼마나 크던지 어깨가 아주 무거웠지. 몇 년 전까지만 해도 남의 물건을 훔치거나 이유도 없이 사람들을 괴롭히는 사람 들을 잡는데, 내 힘이 꼭 필요했었지. 하지만 시간이 흐르고 사람들 은 새로운 도시로 떠나갔어. 이 역에도 점점 승객 수가 줄어들었지.

오고 가는 사람이 적은 이 역에서 난 정말 할 일이 없어. 얼마나 심심하고 지루하던지 하품을 하다가 깜빡 졸아 버린 적도 있지 뭐야. 게다가 요즘은 나이 탓인지 자주 졸음이 쏟아지는 것 같아.

대낮도 아니고 저녁도 아닌 오후 4시. 초등학생으로 보이는 한 여자아이가 역 안을 두리번거리더니 주황색 의자에 앉았어. 누구랑 약속이라도 한 걸까? 손목에 차고 있는 키즈폰을 연신 들여다보며 시간을 확인하고 있었어.

"열차가 들어오고 있습니다⋯⋯"

안내방송이 나오자 열차는 긴 꼬리를 달고 의기양양하게 역에 도착했지만 내리는 사람도 타는 사람도 없었어. 그런데 그 아이는 여전히 의자에 앉아있었어. 왜 이번 열차에 타지 않았을까? 누굴 기다리는 걸까? 열차가 부리나케 역을 빠져나가고 있지만 아이는 서두르지도 당황하지도 않았어. 여전히 키즈폰으로 시간만 보고 또 보았지.

다음날도 그다음 날도 여자아이는 역에 왔어. 가방을 메고 오는 걸 보니 학교가 끝나면 바로 여기로 오는 것 같았어. 여자아이가 가방을 열었을 때 눈을 크게 뜨고 봤는데 가방 안쪽에 하나 초등학교 3학년 1반 정기쁨 이라고 쓰여 있었어. 아이의 이름이 기쁨이라는 걸 그날 처음 알게 되었지. 귀여운 얼굴이랑 잘 어울리는 이름이라고 나는 생각했어. 그런데 하나초등학교를 역사 안에 있는 지도로 찾아보니 꽤 먼 거리에 있는 거야. 나는 조금씩 기쁨이에게 관심이 갔어. 왜 저 아이는 열차를 타러 오는 것도 아니고 누구를 만나는 것도 아닌데 이 먼 곳까지 매일 오는 것일까? 나의 궁금증은 솜사탕처럼 부풀어 갔어.

그날도 누군가를 아니면 무언가를 열심히 기다리는 기쁨이가 보였어. 심심한지 가방에서 공책을 꺼내 그림도 그리고 과자도 먹고. 그러다 열차 들어올 시간이 되면 하던 일을 멈추고 내 쪽을 쳐다봐. 기쁨이도 내가 보는 걸 알아차린 걸까? 맨 처음에는 기쁨이가 나를 쳐다본다고 생각했어. 그런데 가만 보니 내가 아니라 안내방송 소리가 나는 내 옆의 스피커씨를 쳐다보는 거더라고.

"이보시오. 스피커씨, 저기 저 아이가 매일 와서 안내방송이 나올 때마다 스피커씨를 쳐다보는데 혹시 까닭을 아시오?"

"……"

궁금해서 물어는 봤지만 스피커씨가 대답을 해줄 리 없었어. 이 역사가 생기고 스피커씨와 내가 설치되던 그때부터 지금까지 내 말에 대답을 해준 적이 한 번도 없었으니까. 지금은 구식 기계가 된 카메라와 스피커일 뿐이지만 우리도 한때는 최신식이라 불릴 때가 있었는데 말이야.

반짝이는 렌즈에 지금처럼 깜빡깜빡 잊어버리지도 않고 앞이 흐릿해 보이지도 않았지. 스피커씨도 광채 나는 진한 검정에 지금처럼 잡음 섞인 목소리가 아닌 깨끗하고 낭랑한 목소리였어. 하지만 지금은 우리 둘 다 흰 눈 같은 먼지를 켜켜이 뒤집어쓰고 초라해졌지. 한때는 우리도 빛나던 시절이 있었다고 생각하니 지나간 세월이 하룻밤 꿈만 같아. 이런 내 마음을 아는지 모르는지 대답 한번 제대로 해주지 않는 스피커씨한테 서운해지려 해.

기쁨이가 돌아갈 시간이 가까워졌을 즈음 전화벨이 울렸어. 목소리가 크고 흥분한 걸 보니 전화 건 사람이 잔뜩 화가 났나 봐.

"정기쁨, 너 어디야? 매일 학원 간다더니 어딜 쏘다녔던 거야?"

"친구 집에서… … ."

그때 기쁨이의 거짓말을 꾸짖기라도 하듯 다음 열차 도착을 알리는 안내방송이 역 안에 울려 퍼졌어.

"너, 또 거기 간 거야? 엄마가 거기 가지 말랬지?"

전화기 저편에서 여자의 목소리가 떨리는 듯했어. 동시에 기쁨이의 얼굴도 붉어지고 금세 울 것 같은 얼굴이 되었지.

"……"

"정기쁨, 왜 대답이 없어? 엄마가 금방 갈 테니까 꼼짝 말고 기다려!"

엄마와 통화를 마친 기쁨이의 어깨가 들썩였어. 이럴 때 눈물이라도 닦아줄 수 있으면 좋으련만 아니 어깨라도 토닥여 줄 수 있다면. 난 정말 할 수 있는 게 아무것도 없는 구닥다리 카메라일 뿐이었어.

얼마쯤 지났을까 누군가 급한 걸음으로 후다닥 계단으로 내려왔어. 그러더니 기쁨이를 와락 끌어안았어. 둘은 한동안 말없이 울기만 했어. 그런데, 어? 저 얼굴 낯이 익어. 어디서 봤더라? 나는 흐릿해진 기억을 되짚어봤어.

내가 기쁨이 엄마를 처음 본 날도 기쁨이 엄마는 울고 있었어. 얼마나 울었든지 기운이 없어서 울다 쓰러지다를 몇 번이나 반복했어. 기쁨이 엄마가 울게 된 이유는 전날 밤 사고 때문이었지. 우리 역에 역무원들은 낮과 밤으로 나누어 번갈아 일해. 유난히도 달이 밝았던 그 날은 부역장님이 일하는 밤이었어. 마지막 열차만을 남겨둔 참이었지. 부역장님은 열차를 맞이하기 위해 플랫폼에 서 있었어. 보통 그 시간엔 아무도 없기 마련인데 그날은 어떤 남자 승객 하나가 서 있었어. 그런데 자꾸 몸을 비틀비틀했어. 그러더니 눈 깜짝할 사이에 철로로 떨어져 버렸어. 그때 부역장님은 한 치의 망설임 없이 철로로 뛰어 내려갔어. 분명 방금 전에 열차가 들어온다는 안내방송을 들었을 텐데 말이야. 서둘러 술 취한 승객을 철로 밖으로 밀어냈어. 곧바로 열차가 들어오고 부역장님은 내 시야에서 사라졌어. 난 그때 너무나 놀라고 무서웠지만 아무것도 할 수 없었지.

다음날 사고 현장인 역에 찾아온 기쁨이 엄마는 울고 또 울었어.

그날 이후에 기쁨이 엄마는 여기에 다시는 오지 않았어. 역에서 일 년에 한 번 부역장님을 위해 하얀 국화꽃을 준비하고 추모를 하지만 기쁨이 엄마는 한 번도 오지 않았어.

부역장님은 우리 역 목소리 미남이었어. 나도 역무원들끼리 하는 얘기를 들어서 아는 건데, 부역장님의 원래 꿈이 성우였는데 집안 사정으로 철도공무원이 되었다고 해. 그래서 우리 역 안내방송을 부역장님 목소리로 녹음해서 쓰고 있었어. 다른 역들은 모두 디지털 안내방송으로 바뀌었지만 우리 역만 아직도 사람의 목소리가 나오는 이유야.

기쁨이가 바로 정강훈 부역장님의 딸이었구나. 이제야 퍼즐 조각들이 맞춰지는 것 같았어. 아빠 목소리를 들으러 엄마 몰래 매일 같이 여길 온 거였구나. 나는 기쁨이에게 도움을 주고 싶었어. 하지만 나는 그저 역 안에서 일어나는 일을 찍는 카메라일 뿐이야. 내가 할 수 있는 것은 무엇일까? 나는 계속 생각했어. 한 가지 생각을 깊이 하다 보니 머리가 지끈 지끈. 이런, 눈만 잠깐 감았다 뜬 줄 알았는데 오랫동안 잤나 봐. 카메라가 꺼졌다고 난리가 났어.

"요즘 자꾸 화면이 자꾸 꺼지던데 오늘은 아예 먹통이네요."

"너무 오래돼서 그렇지 뭐야. 또 오작동하면 카메라를 교체해야겠는걸……"

젊은 역무원들이 하는 얘기를 듣고 있자니 은근 부아가 치밀어. 내가 오래되기는 했지만 그래도 갖다 버릴 정도는 아닌데 말이지. 요즘 사람들은 고쳐 쓰는 일을 번거롭게 생각하는 것 같아. 내 고향 같은 이곳에서 아직은 떠나고 싶지 않은데 말이야. 그때 번뜩 기쁨이를 도울 좋은 방법이 떠올랐어.

내일도 또 오겠거니 기쁨이를 기다렸어. 그런데 엄마와 함께 집에 돌아간 후로 기쁨이는 오지 않았어. 정말 나이는 못 속인다더니 조금씩 눈앞이 흐려지고 자꾸만 졸린 데도 나는 눈을 크게 뜨고 기다렸어. 나에게 주어진 시간이 얼마 남지 않은 것 같아서 마음이 자꾸만 급해졌어.

무슨 일이라도 생긴 걸까 걱정만 하던 어느 날. 드디어 기쁨이가 왔어. 나는 너무 반갑고 좋아서 어쩔 줄 몰랐어. 기쁨이는 어디가 아팠던 건지 조금은 야윈 얼굴이었어. 작아진 어깨에 달팽이집 같은 큰 가방을 메고 터덜터덜 걸어오더니 주황색 의자에 앉았어. 기쁨이는 오늘도 열차 들어오는 시간을 확인하는 것 같았어. 그러더니 안내방송이 나오자 작은 어깨를 들썩이며 훌쩍거렸어.

"아빠!"

나는 크게 심호흡을 한 번 하고 눈을 질끈 감았어. 그리고 온 정신을 집중해서 눈을 다시 떴어. 역사 안의 모든 카메라에 기쁨이가 나오게 하는 것이 바로 나의 계획이야. 사무실에서는 또 소란이 일었지.

"아니, 이게 뭐야! 또 고장인 건가? 아주 멋대로잖아!"

지난번에 한 번 더 고장 나면 카메라를 바꿔달아 버리자던 젊은 역무원이 짜증 섞인 목소리로 말했어.

"왜! 무슨 일인가?"

사무실 문을 벌컥 열고 들어온 사람이 내 몸을 살펴보기 시작했어. 모니터 속 기쁨이는 여전히 울고 있었지.

"역장님 오셨습니까? 얼마 전부터 보안카메라가 말썽이더니 오늘은 아예 이렇게 한 곳만 비춘 채 먹통입니다. 아무래도 새 걸로 교체해야 할 것 같습니다."

"알았네. 그런데 저 아이는 왜 저기서 혼자 울고 있지?"

"제가 무슨 일인지 알아보겠습니다."

역시 내 예상이 맞았어. 역장님의 지시로 역무원들이 기쁨이한테 서둘러 달려가는 모습이 보였어. 나는 무슨 일 있었냐는 듯 다시 카메라들을 정상으로 되돌렸어.

 잠시 후 젊은 역무원 뒤로 두리번거리며 기쁨이가 따라 들어왔어. 역장님은 기쁨이에게 이것저것 물어보았어. 기쁨이는 작은 목소리였지만 울지 않고 또박또박 말하려고 애쓰는 것처럼 보였어. 대화를 마친 역장님이 서랍에서 무언가를 꺼냈어.

 "기쁨아, 아빠 목소리 여기에 담았으니까 언제든지 들으렴."

 "여기서 정말 울 아빠 목소리가 나와요?"

 역장님이 기쁨이 손에 작은 이동식 메모리 장치를 쥐여주자, 기쁨이는 봄꽃 마냥 살포시 웃었어. 나도 덩달아 너무 기뻤어. 카메라에 눈물샘이 있었다면 눈물이 날 정도였다니까.

 나는 마지막으로 용기 내어 스피커씨한테 말을 걸었어.

 "저기, 나 오늘 좀 멋지지 않았소?"

 "……"

 "마지막으로 잘 가라는 인사 정도는 할 수 있는 거 아니오?"

 "치익 치지, 지직……."

수상소감

박 영 미

한때는 소설가가 꿈이었기에 동화는 아주 쉬운 떡먹기라는 어리석은 생각으로 시작을 했습니다. 하지만 나는 이미 세상 풍파에 찌든 어른이었고 내가 쓴 동화에 아이들의 이야기는 아주 희미했습니다. 그렇게 몇 년을 동심이라는 것과 끝나지 않는 술래잡기를 했습니다. 이번 당선 소식을 접하고 동심의 그림자 정도는 찾았다는 생각에 작게나마 안도의 한숨을 쉬어봅니다. 어쩌면 동심을 찾는 술래잡기는 이제부터 진짜 시작일 수도 있습니다. 그래도 조바심 내지 않고 조심스러운 걸음으로 한발 한발 가볼 것입니다. 내가 포기하지 않는 한, 이 놀이는 끝나지 않을 테니까.

길고도 어두운 현실의 벽에 부딪혀 동화가 도저히 써지지 않을 때 당선 소식을 접했습니다. 포기하지 말고 더 써보라는 기적 같은 응원이라고 생각해 봅니다. 앞으로도 재미보다는 울림이 있는 글로 아이들의 감성을 어루만져주는 글을 쓰고 싶습니다.

몇 번을 다시 봐도 부끄럽고 서투른 글을 뽑아주신 전북일보 심사위원님들께 감사를 드립니다. 김정옥 선생님, 김정민 선생님, 동화세상 글벗들과 나의 제1독자인 남편 전대원, 아들 준우와 이 영광을 함께 하고 싶습니다.

탄탄한 이야기 전개와
동화다운 문장이 미덕

예심을 거쳐 본심에 올라온 작품들은 모두 만만치 않은 저력을 보여주었다. 소재는 결손 가정, 불법 체류 외국인 가정 등 다양했다. 전반적으로 동화의 기본 요소를 고루 갖춘 수준작들이었다. 다만, 희망과 위안을 주는 따뜻하고 훈훈한 감동의 참신한 동화가 눈에 띄지 않아서 조금 아쉬웠다.

'자바시, 같이 가자!'는 불법 체류 외국인 노동자 가정의 아이를 다룬 작품이다. 축구를 통해 외국인 아이를 이해하고 가까워지는 과정이 자연스러웠다. 그러나 특별한 이야깃거리가 없어 밋밋하고 평범한 것이 흠이었다. '마법의 바지'는 보육도우미 할머니와의 사랑의 교감을 구수한 사투리를 섞어 정감 있게 그려냈다. 할머니의 사랑의 힘을 상징하는 마법의 바지 설정도 좋았다. 그러나 할머니의 갑작스런 죽음이 너무 작위적이어서 설득력이 약했다. '마법사 김유진'은 안 좋은 기억들을 지우고 싶은 아이의 내면 심리를 세련된 문장으로 생동감 있게 그려냈다. 슬픈 기억을 지우는 행위를 통해 아픔을 치유하고 극복해 가려는 아이의 내면을 섬세하게 묘사했다. 구성이나 문장도 무난했지만 기존의 동화에서 흔히 보았던 발상과 설정이라서 참신성이 떨어졌다.

당선작으로 뽑은 '지하철역 아이'는 위험에 처한 승객을 살리고 목숨을 잃은 아빠를 잊지 못하고 지하철역에 찾아오는 아이의 이야기다. 의인화된 보안 카메라의 시선을 통해 아이의 슬픔과 아픔을 비춰주는 설정이 돋보였다. 아빠의 목소리를 찾는 결말도 감동의 여운을 주었다. 탄탄한 스토리 전개와 동화다운 문장도 미덕이었다. 궁금증을 자아내게 하는 도입부와 잔잔한 울림이 있는 후반부의 결말도 좋았다. 지하철 의인 가족의 슬픔과 그것을 극복해 가는 아이의 이야기를 애틋하고 잔잔한 감동으로 그려낸 좋은 작품이었다.

심사위원 이준관(아동문학가)

조선일보

김 다 혜

1992년 수원 출생
한국예술원 영화학과 졸업
제3회 밀크T 창작동화 공모전 금상 수상
2022 〈조선일보〉 신춘문예 동화부문 당선
beeinaweb@naver.com

끼리끼리 마을

김 다 혜

쉿!

끼리끼리 마을 소곤소곤 단지에 사는 사람이라면 아마 귀에 못이 박히도록 들어온 소리일 거야. 소곤소곤 단지에는 매우 엄격한 규칙이 있거든. 첫째, 저녁 8시 이후로는 악기 연주와 세탁 금지. 둘째, 휴대전화 벨 소리는 진동으로 맞추어 놓기. 셋째, 대화할 땐 소곤소곤. 이웃에게 피해를 주는 행동은 절대 금물이지.

그런 우리 단지에 이상한 일이 생겼어.

"도대체 누가 이런 짓을 하는 거야?"

운전하던 엄마가 짜증 섞인 목소리로 말했어. 밖을 바라보니 까만 스프레이 칠이 된 표지판이 지나가지 뭐야.

요즘 끼리끼리 마을에서 우리 소곤소곤 단지에만 일어나는 일이었지. 일주일 전부터 까만 스프레이가 나타난 뒤로 '올해의 다툼 없는 마을 상'을 받았다는 현수막에도 옆집 아저씨네 세탁소 간판에도 '끼리끼리'란 글자만 보였다 하면 스프레이로 뒤덮였어. 거리마다 까만 칠투성이가 된 거야.

"쳇, 집값 떨어지게……."

못마땅해하는 건 엄마뿐만이 아니었어. 늘 조용했던 소곤소곤 단지에 감도는 어수선한 분위기 때문에 어른들은 신경이 잔뜩 곤두서 있었지. CCTV를 사려고 모여든 사람들만 봐도 알 수 있는걸.

"잡히기만 해봐라."

학교에 도착해 차에서 내리자마자 물걸레로 교문 현판을 닦고 있는 교감 선생님이 보였어. 교감 선생님은 우리의 인사에도 아랑곳하지 않고 '끼리끼리 초등학교'란 글자를 뒤덮은 까만 스프레이를 지우는 데에 열중했어. 학교까지 습격당했다는 소식에 교실마다 온통 범인 이야기로 술렁였지.

"누리야. 너도 봤어? 누구 짓일까?"

"글쎄."

나는 가방을 내려놓고 창밖의 교문을 바라봤어. 교문 앞에는 여전히 고군분투하고 있는 교감 선생님이 보였어. 고작 스프레이에 이 난리라니. 허둥지둥하는 어른들의 모습이 어쩐지 우스꽝스러웠어.

야옹-. 책장을 넘기던 손이 멈칫했어.

"해피?"

뒤를 돌아봤지만 아무도 없었어. 또 잘못 들었나 봐. 나는 다시 책을 들여다봤어. 눈에 들어오지 않는 글자를 몇 번이고 반복해 읽어도 다음 페이지로 넘어갈 수 없었어. 요동친 마음이 쉽게 가라앉지 않았거든. 시계 초침이 척, 척, 움직이는 소리가 들렸어. 그 소리가 마치 해피를 잃어버린 지 벌써 일주일이 지났다는 사실을 알려주는 것 같았어.

'해피야……'

나는 간절히 이름을 불러보았어.

해피는 내 동생이야. 그리고 나의 오랜 친구이기도 해. 학교에서 외롭게 지낼 때 해피가 나의 유일한 친구였어. 밥을 먹을 때도 잠을 잘 때도 우리는 언제나 함께였지. 해피의 보드라운 털을 쓰다듬고 있으면 아무리 괴로운 일도 아무것도 아닌 것 같았어. 그랬는데…… 해피는 지금 내 곁에 없고 나는 해피가 어디에 있는지조차 몰라.

'소곤소곤'이란 단어를 떠올리자 샤프를 쥔 손에 힘이 들어갔어. 나는 무심코 바지 주머니에 손을 뻗었어. 손끝에는 차가운 스프레이가 닿았어.

다음 날 아침을 먹을 때, 아빠의 말이 내 귀를 쫑긋하게 했어.

"어제 마을 긴급회의에 쩌렁쩌렁 단지 사람들도 왔다며?"

엄마는 기다렸다는 듯이 어제 상황을 말해줬어.

"말도 마. 어찌나 시끄러운지. 그쪽 사람들 말할 때마다 머리가 아프더라고."

"참나, 하나같이 교양을 모른다니까. 그래서 회의는 잘 됐어?"

"아니. 사건 날에 뭐 했는지 알려 달라니까 의심한다며 화만 잔뜩 냈어."

"역시 도움이 되지 않는 사람들이야. 끼리끼리 마을이 '올해의 다툼 없는 마을 상'을 받을 수 있었던 것도 전부 우리 소곤소곤 단지 덕분이잖아."

"그러니까. 항상 시끄러운 주제에 되레 적반하장으로 나오지 뭐야? 그쪽 사람이 범인일 게 뻔한데."

원래도 물과 기름 같던 소곤소곤 단지와 쩌렁쩌렁 단지가 이번 일로 사이가 나빠진 것은 말할 것도 없었어. 소곤소곤 단지 사람들은 범인이 쩌렁쩌렁 단지 사람이라고 확신했어. 하지만 나는 알고 있어. 쩌렁쩌렁 단지 사람들은 잘못이 없다는 걸.

"해피야, 여기 있니?"

조심스럽게 들여다본 자동차 아래에는 아무것도 없었어. 오늘도 허탕인 거야. 날이 갈수록 해피의 얼굴이 눈앞에 아른거렸어. 자꾸만 그날 밤 일도 떠올랐지. '끼리끼리'란 글자만 보면 스프레이를 꺼내 들게 하는 그날 밤 일 말이야.

치이이이익-

스프레이가 보기도 싫은 '끼리끼리'란 글자를 새까맣게 뒤덮었어. 컴컴해진 그 모습이 마치 내 심정 같다고 생각한 순간, 갑자기 어떤 손이 뒷덜미를 확 잡아챘어.

"요놈, 딱 걸렸다!"

나는 도망치려고 발버둥 쳐봤어. 하지만 어른의 힘에 맞서기에는 무리였나 봐. 결국 저항을 멈추고 경비아저씨에게 순순히 붙잡혔어. 사실 이렇게 되길 바랐는지도 몰라.

범인이 잡혔다는 소식에 사람들이 몰려들었어. 그중에는 엄마와 아빠도 있었지. 엄마 아빠는 내가 범인이라는 사실을 알고는 얼굴이 새파랗게 질렸어.

"……누리야, 대체 왜 그런 거니?"

역시 이럴 줄 알았어. 엄마 아빠는 그날 일을 잊은 게 틀림없었어. 그때도 지금도 결국 나 혼자만 애가 탔던 거야.

나는 주먹을 꾹 쥔 채로 말했어.

"이게 다 소곤소곤 단지 때문이야."

"무슨 말이야?"

"해피가 사라졌을 때도 이름을 크게 부르지 못하게 했잖아."

"그렇다고 한밤중에 큰 소리를 낼 수는 없잖니……. 그건 규칙 위반이야."

엄마는 그날 했던 말을 똑같이 반복했어.

"엄마 아빠는 내가 사라져도 아침이 될 때까지 조용할 거야, 그렇지?"

어느새 내 눈에 눈물이 그렁그렁 맺혔어. 나는 대답하지 못하는 엄마 아빠 때문에 끝내 눈물을 흘리고 말았어.

"거참, 듣고 있으니까 정말 너무들 합니다."

쩌렁쩌렁 단지에서 온 덩치 큰 아저씨가 내 곁에 서며 말했어.

"얘야, 우리 쩌렁쩌렁 단지에도 반려동물을 키우는 사람이 많아서 얼마나 애가 탔을지 잘 알고 있다. 해피는 아직도 못 찾은 거지?"

나는 고개를 끄덕였어. 그러자 아저씨가 내 어깨를 툭툭 다독여 주었어.

"그렇지만 네가 벌인 일들은 잘못된 거야. 알고 있니?"

얼굴이 화끈거렸어. 나 때문에 피해를 본 사람이 한둘이 아닌 걸 누구보다 잘 알고 있었는걸. 그동안 애써 모른 척했던 죄책감이 한꺼번에 되돌아오는 기분이었어.

"죄송해요, 모두……."

"그래. 어찌 됐든 잘못인 걸 알면 됐다."

엄마 아빠는 여전히 한숨을 쉬었어. 내 마음도 여전히 답답했어. 소동을 벌이기 전과 달라진 게 아무것도 없었거든.

'해피야, 미안해.'

그때, 쩌렁쩌렁 단지의 누군가가 외쳤어.

"좋은 방법이 있어! 혹시 해피가 쓰던 장난감이나 담요 같은 게 있니?"

고개를 끄덕였더니, 그 사람은 껄껄 웃고는 금방 오겠다며 어딘 가로 사라졌어. 밤이 되자, 쩌렁쩌렁 단지 사람들이 개 몇 마리를 끌고 나타났어.

"아우, 시끄러워! 한밤중에 이게 무슨 소란이에요."

"좀만 기다려 봐요. 이 녀석 중에는 경찰견 출신도 있다고요. 해피의 냄새를 맡으면 어디에 있는지 금방 찾아낼 수 있을 거예요."

나는 해피의 물건들을 넘겨주었어. 그중 한 마리가 바닥에 코를 박고 쿵쿵대더니 곧장 앞으로 달려나갔어.

"냄새를 맡았나 봐!"

쩌렁쩌렁 단지 사람들은 신이 나 앞장서 뛰었어. 소곤소곤 단지 사람들도 호기심에 못 이겨 따라나섰지.

"해피야, 언니 여기 있어!"

개들이 도착한 곳은 끼리끼리 마을 뒷산이었어. 나는 산속에 들어서자마자 해피의 이름을 큰소리로 외쳤어. 소곤소곤 단지 사람들도 해피의 이름을 조용히 부르며 함께 찾아 주었어.

멍! 멍!

얼마 지나지 않아 제일 앞서가던 개가 나무 한 그루를 향해 짖었어. 손전등으로 비춰보자 나무 밑 토굴 안에서 잔뜩 겁을 먹은 해피가 보이지 뭐야!

"해피야!"

나는 달려가 해피를 끌어안았어. 해피는 개들을 경계하며 한껏 귀를 눕혔지만, 도망가지 않고 얌전히 내 품에 있었어. 그동안 얼마나 힘들었을까? 차갑고 꼬질꼬질한 털이 그간의 고생을 말해주는 듯했어. 나는 해피가 내 곁에 돌아왔다는 사실에 가슴이 벅찼어. 그리고 아주 오랜만에 목청껏 울었어.

으아아앙–!

소리가 멀리 뻗어 나갔어. 곤히 잠든 누군가를 깨울 만큼 큰 소리였지만, 지금은 그런 걸 신경 쓰고 싶지 않았어.

"저기, 너무 시끄러운데……."

누군가 지적하자 쉬잇, 어른들이 동시에 검지를 들어 올렸어. 그리고 우는 나를 가만히 기다려주었어.

잠시 후 누군가 작게 중얼거렸어.

"사실 생일파티만큼은 떠들썩하게 지내고 싶었어. 그런데 가족들이 이웃들 눈치를 보느라 축하 노래도 제대로 불러주지 않았지."

다른 누군가도 고개를 끄덕였어.

"우리 단지 아이들이 학교생활을 힘들어하는 것도 문제예요. 너무 조용한 환경에서만 자라 온 탓에 작은 소음에도 집중을 잘하지 못하게 됐죠."

"나도 스포츠 경기를 볼 때만큼은 큰 소리로 응원하고 싶어."

여기저기에서 불만이 쏟아져 나왔어. 그러자 쩌렁쩌렁 단지 사람들도 말했어.

"사실 우리 단지도 문제가 많아. 어떤 집은 새벽에 세탁기를 돌리질 않나, 밤새 피아노를 쳐대기도 한다고. 난 이제 불면증이 생겨버렸어. 소곤소곤 단지로 이사 가고 싶은 마음이 굴뚝 같아."

"맞아. 지난번엔 소음 때문에 화재경보 소리가 묻혀 큰일 날 뻔했잖아."

"어느 쪽이든 문제는 있구나."

"그러게."

양쪽 사람들은 말이 없어졌어. 갑자기 찾아온 정적이 며칠간 이어졌던 소동이 완전히 끝났음을 알려주는 듯했어.

'올해의 다툼 없는 마을 상' 현수막이 내려가자 사람들은 탄식을 내뱉었어. 하지만 언제 그랬냐는 듯 다들 일상으로 돌아갔어. 이제 끼리끼리 마을은 더는 다툼 없는 마을이 아니야.

"여기 있던 내 귀마개 못 봤어?"

"또 아랫집이야? 민원을 넣든가 해야지."

"예전 소곤소곤 단지였다면 상상도 못 할 일인데. 그 시절이 그리워……."

쩌렁쩌렁 단지와 소곤소곤 단지 사람들이 섞여 살기 시작한 뒤로 여기저기에서 사소한 문제들이 생기기 시작했거든. 여전히 누군가는 조용했고, 여전히 누군가는 시끄러웠어. 그런데도 마을 사람들은 한데 모여 살았어.

"안녕하세요. 장 보고 오셨어요?"

"네, 마침 할인 행사를 하더라고요. 혹시 과일 좋아하세요? 귤을 너무 많이 사서 좀 드리고 싶은데."

서로 마주치면 반갑게 인사도 해. 조용하기만 했던 우리 단지도 누군가의 웃음소리가 들리고, 아름다운 바이올린 소리가 들려오는 동네가 된 거야.

나는 이제 우리 마을이 마음에 들어.

수상소감

김 다 혜

그동안 두 가지 질문에 시달려왔습니다. '내가 무엇을 할 수 있을까'와 '내가 과연 할 수 있을까'였습니다. 후자에 시달릴수록 꿈꾸는 자는 벌 받는 자인지도 모른다는 생각이 들었습니다. 결국 꿈을 이루게 될 거라고 누군가 말해주었다면 더할 나위 없었을 겁니다. 하지만 그건 내 입안에서만 맴돌 뿐이었습니다. 그런 시간을 살았습니다.

당선 통보 전화를 받았을 때는 밥을 먹고 있었습니다. 분명 배가 무척 고팠는데 전화를 받고 나니 몸 구석구석이 꽉 채워져 도저히 다른 게 들어갈 수 없었습니다. 나는 이런 걸로 채워져야 하는 사람이구나, 새삼 깨달았습니다. 설렘의 폭풍을 겪고 나니 새로운 의욕이 샘솟습니다. 감격이 사라지기 전에 얼른 한 걸음 더 떼고 싶습니다. 다시 기쁜 마음으로 무엇을 쓸 수 있을지 고민해보겠습니다.

설익은 작품 깊은 곳의 미약한 채도를 발견해주신 황선미 선생님과 원유순 선생님께 감사드립니다. 부족한 원고에 피가 되고 살이 되는 조언을 해주신 박상기 선생님께도 감사를 표합니다.

외로운 길 위에서 마주친 사람이 많습니다. 저마다 내 곁을 채워준 건하, 혜진, 시운, 예랑, 소희 모두에게 고맙습니다. 당신들이 나를 혼자 두지 않았기에 이만큼 쓸 수 있었습니다.

유난히 겁이 많아 무서운 이야기해주는 맛이 있었던 동생, 어린 나를 위해 수백만 원어치의 책을 사고 꾸중을 들었다던 엄마, 열여섯 살부터 시작된 중국 생활로 한글과 멀어질까 모국어 교육에 아낌이 없었던 아빠, 고마워요. 덕분에 나는 작가를 꿈꾸게 되었어요.

마지막으로 너른 세상으로 나를 초대하고 이끌어준 하나님께 감사하고 사랑하는 마음을 전합니다.

공동주택 층간소음 문제, 희화적으로 재밌게 다뤄

최근 동화문학 시장에서는 아기자기한 재미를 추구하는 가벼운 판타지 작품들이 많아졌다. 300여 편에 달하는 올해의 응모작들 역시 크게 다르지 않았는데 대부분 현실과 판타지 공간의 경계가 모호한 속에서 신이적 존재(도깨비, 요정, 마녀, 외계인, 첨단과학의 산물, 작가가 창조한 비이성적 존재 등)가 출현하여 인물의 문제를 쉽게 해결하는 서사 구조의 양상을 띠고 있었다. 그 외 노인 문제, 사회적 소수자, 성평등을 다룬 작품들은 접근 방식이 익숙하고 단조로워 아쉬웠다.

'또 놀러오니라'는 문장이 단정하고 이미지가 그림처럼 아름다웠다. 그러나 호기심을 갖게 하는 영혼인 듯한 아이의 존재가 끝까지 밝혀지지 않아 고개를 갸웃하게 만들었다.

'동물원 밖이 동물원이에요'는 변신을 모티브로 한 판타지 작품으로 동물권에 대한 날카로운 비판의식이 담겨 있었다. 동화에서의 변신 기제는 그 당위성을 확보했을 때 호기심과 긴장감을 유발한다. 그러나 동물원에 가기로 한 날 거리의 모든 사람들이 갑자기 동물로 변해버리는데 왜 그래야만 했는지에 대한 당위성이 보이지 않아 설득력을 잃고 말았다.

'학교 가기 싫은 날'은 동화의 환상성과 자연과의 교감을 보여준 서정적인 작품이었다. 내성적인 아이가 약육강식의 자연 속에서 약자인 달팽이를 만나 공감대를 형성하고 서로 돕는 과정이 한 폭의 수채화처럼 아름답게 펼쳐진다. 그러나 군데군데 사실 정보의 오류가 발견되었고, 위기나 갈등 없이 진행되는 잔잔한 서사 구조가 밋밋했다.

'끼리끼리 마을'은 공동주택의 층간소음 문제를 과장해서 희화적으로 다룬 방식이 재미있었다. 사건의 극대화를 위한 대비되는 설정, 긴장감을 유발하고 역동성을 보여준 점, 문제의 주범이 어린아이라는 사실이 밝혀질 때의 섬뜩함, 층간소음이라는 소재의 시의성 등에서 마음이 기울었다.

앞으로 당선자의 활발한 활동을 기대한다.

심사위원 황선미 · 원유순(동화작가)

한국일보

김 세 실

1998년생
서울 거주
중앙대학교 문예창작 전공 재학 중
2022 〈한국일보〉 신춘문예 동화부문 당선
sesil05@naver.com

떨어져본 적도 없으면서!

김 세 실

"유림이 말고 더 나오고 싶은 사람 없니?"

있어요! 있어요! 있단 말이에요!

마음은 불같이 들끓는데 입이 떨어지지를 않았다. 옴짝달싹 못하는 입술이 미워지려는 찰나 삐죽 소리가 새어 나왔다.

"저어…… 저요."

선생님이 내 쪽으로 고개를 돌리셨다.

"방금 누구야? 수현이니?"

얼굴이 새빨개진 수현이가 고개를 흔들었다.

"아뇨, 아뇨! 저 아니에요!"

수현이를 보니 나도 저렇게 붉게 달아올라 있을 것 같아 얼굴이 후끈거렸다. 어차피 떨어질 텐데. 홧김에 저질러버린 고백처럼 돌이킬 수도 없는 일이었다. 방금까지만 해도 쉽게 튀어나온 용기가 무색하게 다시 말이 나오지 않았다. 반 애들의 시야가 닿지 않는 책상 아래에서 엄지손가락이 문드러질 만큼 꽉 쥔 주먹이 부르르 떨렸다. 우아한 겉모습과는 달리 수면 아래에서 있는 힘껏 다리를 휘저어야 하는 백조가 된 것만 같았다. 책상 아래 부끄러운 손놀림을 들키지 않고 최대한 아무렇지 않은 것처럼 보여야 했다.

"세영이가 말했어요!"

수현이가 소리쳤다.

약간의 술렁임과 함께 반 아이들 모두가 내 쪽으로 고개를 돌렸다. 잠시뿐일지라도 한 공간 안에 있는 모든 사람의 시선을 받는 건 정말이지 부담스러운 일이었다. 모두가 나만 바라보았다. 잘못한 것도 없는데 고개를 들기가 어려웠다. 쥐구멍에라도 숨고 싶었다. 응원 반 동정 반. 절대적인 강자에게 싸움을 거는 약자의 용기를 칭찬하는 듯한 분위기였다. 상대가 유림이라면 누가 나와도 약자가될 테니까. 온몸이 뜨거워졌다.

선생님은 내 이름을 칠판에 쓰시고는 스스로 선거에 나온 나와 유림이를 칭찬하며 박수를 치셨다. 와아아. 짝짝짝 박수 소리와 함께 남자애들 몇 명이 환호성을 질렀다.

"이제 더 없으면 후보 추천 시간으로 넘어갈까 하는데, 더 없니?"

박수와 숨소리가 멈추고 짤막한 침묵이 이어졌다. 당선될 가능성이 없는데 괜히 지원해서 망신만 당할 것 같았다. 추천이 한 명도 나오지 않아 유림이와 단둘이 출마하게 되지 않는 한 부회장에라도 당선될 일은 없었다. 이왕 저질러진 일 후보 추천이 안 나온다면 좋겠지만 그럴 가능성은 낮았다.

후보자 추천 시간이 시작되자 수현이가 가장 먼저 손을 들었다.

"저는 혜주를 추천합니다. 혜주는 급식당번을 할 때도 배식을 공평하게 하고 청소 시간에도 항상 대걸레를 깨끗하게 빨아요."

선생님이 칠판에 혜주의 이름을 적었다. 강유림, 한세영, 안혜주. 아직 까지는 세 명뿐이었지만 이렇게 된 이상 남자애들도 자기들끼리 몇 명을 추천할 것만 같았다.

"선생님, 저는 현수를 추천합니다. 현수는 축구도 잘하고 우유도 잘 먹어요."

아니나 다를까 민철이가 현수를 추천했다. 남자애들이 키득거렸다. 축구를 잘하는 거랑 회장이 되는 건 무슨 상관인지, 그냥 아무나 추천하는 분위기로 흘러가고 있었다. 나에게는 어젯밤부터 끝도 없이 고민하다가 자진해서 나온 선거인데. 장난스럽게 서로를 추천하는 애들이 원망스러웠다. 키득거리는 웃음소리가 나를 향하는 것처럼 느껴졌다. 현수네 일당이 어느 날보다도 얄미웠다. 그러면서도 문득 어차피 떨어질 거라면 후보자가 많이 나오는 것도 나쁘지 않을 거라는 생각이 들었다. 대부분 낙선자가 된다면 그 틈에 숨을 수도 있지 않을까. 그러면 내가 떨어졌다는 사실은 금방 잊힐 텐데. 머릿속이 복잡했다. 나를 이렇게 만들어 놓고 행복한 학교생활을 하고 있을 언니가 미웠다.

무리해서까지 회장 선거에 나가게 된 건 전부 다 언니 때문이다. 이 시기만 되면 제발 선거에 나가보라며 닦달하는 엄마를 그렇게 만든 게 모두 언니니까.

언니는 중학교에 올라간 첫 학기에도 회장을 했다. 언니는 초등학교 때부터 전교 부회장에 전교 회장까지 안 해본 직책이 없었다. 내 친구들과 비교하면 유림이랑 제일 비슷한 부류였다. 유림이도 3, 4학년 모두 회장을 했고 아마 이번 학기에도 회장이 될 테니까. 유림이는 씩씩하고 예쁘고 공부도 잘한다. 심지어 피구도 잘하고 착하기까지 하니 좋아하지 않을 수가 없다. 내가 선거에 나가지만 않았어도 유림이를 뽑았을 거였다. 유림이는 가장 친하게 지내고 싶은 친구 중 한 명이다. 그런 유림이도 집에서는 언니 같은 사람일까. 아마 유림이는 집에서도 착한 언니일 것이다.

엄마가 종종 반장 이야기를 꺼내면 언니는 신이 나서 거든다. 학기 초만 되면 매일같이 반장 선거에 나가보라고 한다. 떨어져도 별일 아니라고, 꼭 나가보기만 하라고 매번 귀찮은 말만 해댄다. 하필이면 그날은 아빠까지 적극적으로 거들었다. 한 번만 언니 말을 들어보라고, 반장에 당선되는 것도 별일 아니지만 떨어지는 건 더욱 별일 아니라며 부추겼다. 입맛도 없는데 밥상에서 그 얘기를 하니 숨이 턱 막히는 듯했다. 회장 선거에 나가기 전까지는 평생 학기 초마다 이 일을 겪어야 한다고 생각하니 덜컥 서러워졌다.

"엄마랑 아빠는 내가 회장 선거 나가서 떨어져도 좋아? 내가 망신 당하고 오면 엄마랑 아빠는 기분이 좋냐고!"

지겨운 잔소리가 그날따라 더 짜증이 났다. 하필이면 중학교 반장 선거가 초등학교 반장 선거보다 이틀 빠른 바람에 중학교 첫 학기에도 여지없이 반장에 당선되어 의기양양해진 언니가 괘씸했다.

"떨어져본 적도 없으면서! 언니는 떨어져본 적이 없으니까 쉬워

보이는 거잖아!"

나도 모르게 목소리가 커졌다. 나를 뺀 모두가 한 편이라는 생각에 순간 울컥했다.

"너도 떨어져본 적 없잖아. 선거에 나가봐야 떨어지기라도 하지. 한 번만 나가 보라니까? 너도 회장 시켜준다고 하면 할 거잖아."

언니가 당당히 말했다. 언니 말대로 선거를 하지도 않고 내게 회장을 시켜주면 고민을 하다 할 것 같긴 했으니 틀린 말은 아니었다. 해서 나쁠 건 없으니까. 그래도 그렇지 언니는 말을 참 쉽게 한다. 나는 사실 떨어져본 적이 있는데.

3학년 때 처음으로 한 반장 선거에서 후보자 추천을 받아 선거에 나간 적이 있었다. 그때 유림이는 자진해서 나갔는데 유림이가 당선되고 나는 한 표밖에 받지 못했었다. 그 한 표는 내가 찍은 표였는데. 그럼 날 추천해준 애는 찍지도 않을 거면서 왜 나를 추천해서 창피하게 만든 걸까.

처음으로 하는 선거였고 당시에는 아무나 막 추천하는 분위기였으니 그럴 법도 했지만 한 표만을 받고 떨어진 순간을 생각하면 아직도 어디론가 숨어버리고 싶었다. 매번 당선되는 언니 때문에 집에서는 말을 꺼낼 수도 없었다. 그리고 이 년 전의 회장 선거를 기억하는 애들은 거의 없었으니 사실상 없던 일과 마찬가지였다. 아무도 모르는 일이니까. 그 얘기만큼은 하기 싫어서 언니의 말에 입을 꾹 닫은 건데 언니는 마치 자신이 말싸움에서 이긴 것처럼 기세가 등등해졌다.

"봐봐 맞지? 나간 적이 없으니까 떨어져본 적도 없잖아. 나도 매번 나갈 때마다 얼마나 두려운데. 애들 앞에서 연설하는 게 얼마나 떨리는지 네가 알아? 떨어지면 창피할까 봐 걱정도 되고, 그래도 나가는 거야. 한 번뿐인 기회잖아."

회장이 뭐 별거인가. 대통령이 되어 나라를 바꾸는 것도 아니고 고작 반장인데 그게 뭐라고, 언니는 재수 없는 사람이었다. 동시에 언니의 생각이 다 옳은 말인 듯 가만히 들어주는 엄마와 아빠에게도 배신감을 느꼈다. 내 편이 한 명도 없는 것만 같아 속상했다.

엄마랑 아빠는 내 마음도 몰라주고. 동네 아줌마들은 엄마를 만나면 매번 언니 얘기만 하는데 언니 자랑으로는 부족해서 이제 나까지 회장을 해야 하는 걸까. 언니가 선거에서 당선되는 건 지겨워진 걸까. 끝까지 나간다고 하지 말걸.

어느덧 후보자 추천 시간이 끝나고 연설 시간이 다가와 있었다. 뭐가 어떻게 흘러갔는지 제대로 기억나지도 않았다. 내 차례가 되면 교탁으로 걸어 나가 말을 해야 하는데 어젯밤에 준비한 연설 내용이 흐릿했다. 이럴 줄 알았으면 쪽지로 적어올걸. 종이에 쓰면 애들한테 들킬까 봐 안 적은 건데 갑자기 하나도 생각나지 않았다.

제가 회장에 당선된다면…… 화목한 반을 만들고……. 머릿속이 백지가 되어버렸다. 시간은 날 기다려 주지 않았다. 칠판에 이름이 적힌 순서대로 유림이가 첫 번째로 교탁에 섰다. 유림이가 끝나면 내 차렌데, 빨리 기억해내야 했다.

"제가 학급 회장에 당선된다면 누구보다 솔선수범하여 학급 일을 도맡아 하고 봉사하는 마음으로 친구들을 섬기겠습니다."

막힘없이 이어진 유림이의 말이 끝나고 드디어 내 차례가 되었다. 하필이면 분단 끝자리여서 교탁까지 나가는 길이 너무 멀게 느껴졌다. 책상 하나를 지날 때마다 애들의 시선이 따라왔다. 양손에 주먹을 꽉 쥔 채 일단 앞으로 나갔다.

나를 쳐다보는 눈이 너무나도 많았다. 선생님은 늘 이런 기분이셨을까. 모두가 내 입이 떨어지기만을 기다리고 있었다. 간밤에 만들어 놓은 몇 개의 문장들은 하나도 떠오르지 않았지만 심호흡을 하고 말을 시작했다.

"제가… 학급 임원에 당선된다면… 우리 반 일에 가장 앞장서고… 화목한 반을 만드는 데 최선을 다하겠습니다."

한 마디를 뱉고 껌뻑 고개를 숙였다. 한 마디짜리 연설이라니, 너무 초라해 보였다. 하지만 막상 애들 앞에 서니 한 문장도 어려운 일이었다. 기억도 안 나는 연설문을 떠올리면서 말을 더듬는 것보다는 한 문장이라도 제대로 말하고 나오는 게 나았다. 보나 마나 유림이의 당선이 유력했다. 정확히는 유림이의 당선보다 내 낙선이 확실시되었다.

형식적인 박수는 나에게도 쏟아졌지만 너무 창피했다. 이렇게 될 줄 알았으면 어제 더 준비를 많이 할걸, 후회가 파도처럼 밀려왔다. 뒤이어 추천으로 입후보한 애들의 짧은 연설이 끝나고 투표 시간이 다가왔다. 친한 친구를 뽑는 게 아니라 우리 반의 반장으로 일하기에 가장 적합한 친구를 뽑아야 한다는 선생님의 지루한 말씀이 귓가에 맴돌았다.

서둘러 내 이름을 적고 부랴부랴 종이를 접었다. 후보자가 자신의 이름을 쓰는 건 당연한 일인데 혹시라도 누가 볼까 이름도 급하게 날려 적었다. 혹시 글자를 못 알아보는 일은 없겠지 하는 오만 가지 생각에 휩싸였다. 나를 찍어주는 애들이 몇 명 더 있지 않을까 하는 나름의 기대감도 있었다.

개표가 시작되자 모두가 숨죽이고 칠판만을 바라보았다. 한 열 장 정도를 열었을까. 유림이의 이름 옆에는 이미 바를 정자가 빠른 속도로 완성되었고 이제 정자 두 개를 바라보고 있었다. 역시 이번은 없었다. 중간 넘게 개표가 진행되어도 아직 내 이름은 없었다.

한세영.

번뜩 고개를 들었다. 생각해보니 내가 쓴 표일 텐데. 벌떡 고개를 들어버린 모습을 애들이 봤을까 봐 얼굴이 후끈 달아올랐다. 그때였다.

내 이름이 한 번 더 불렸다. 분명히 내 이름이었다. 내 이름 옆에 막대기가 하나 더 그어졌다. 나를 찍어준 사람이 교실에 있다는 사실이 신기했다. 이번에는 한 표로 떨어지는 일은 면했다는 생각과 함께 나를 찍어준 사람이 누구인지 궁금해졌다. 나를 찍어준 사람은 누구였을까.

결국 유림이가 회장에 당선되었다. 혜주는 부회장에 당선되었고 나는 떨어졌다. 혜주가 미운 건 아니었지만 자원한 사람은 떨어지고 나갈 생각이 없던 사람이 부회장을 한다는 건 조금 이상했다. 선거가 끝났으니 할 말은 없었지만 그래도 아쉬움이 남았다.

선생님은 유림이와 혜주에게 한 마디씩 시키고는 앞으로 우리 반을 잘 부탁한다고 말하며 떨어진 친구들도 함께 회장, 부회장을 도와주라는 말씀을 덧붙이셨다. 결과보다는 과정이 중요한 거라고, 학급을 위해 선거에 나온 것만으로도 아주 훌륭한 거라며 애들의 박수를 유도했다. 다 맞는 말이지만 아쉬운 마음은 어쩔 수 없었다. 그래도 이번에는 한 표로 떨어진 것도 아니고 나를 찍어준 누군가가 있다는 생각을 하니 전처럼 창피하지만은 않았다.

집에 가서 떨어졌다는 소식을 어떻게 전해야 하나 고민하면서 책가방을 싸는데 수현이가 내 자리로 왔다.

"세영아 너 오늘 멋있었어. 사실 나도 너처럼 선거에 나가고 싶었는데 도저히 손이 안 올라가더라. 네가 마지막에 나가는 거 보고 나도 나갈까 했는데 떨려서 못했거든. 용기 내서 나가는 널 보니까 괜히 부럽기도 하고. 그래서 나는 너 뽑았어. 내가 도움은 못 되었지만 그래도 꼭 말해주고 싶었어."

한 표는 수현이의 표였다. 고작 한 표이긴 했지만. 뿌듯했다. 말을 마친 수현이는 잠시 물끄러미 나를 바라보다가 돌아섰다.

지난번과는 달리 떨어졌지만 그렇게 속상하지는 않은 날이었다. 선거에 나가겠다는 약속을 지켰고 표도 받았으니까. 이제 나는 떨어져본 적이 있는 사람이 되었다. 그리고 지지자도 생겼다. 언니는 매번 누가 자신을 뽑아줬는지도 몰랐을 테지만 나는 누가 나를 좋아하는지 안다. 나에게는 수현이라는 든든한 친구가 생겼다.

김 세 실

다정하게, 다감하게

삶의 끝이 밀려올 때 나를 지켜준 문장들. 그 몇 개의 문장들 덕분에 아직 살아있습니다. 도서관의 서가를 헤매다 그 문장들을 만난 건 필연보다는 우연에 가까웠으니 제가 삶을 이어갈 수 있었던 건 분명 운이 좋아서였습니다.

그런데 자꾸 욕심이 생깁니다. 언제까지 운이 따를 수는 없을 텐데. 동화를 읽고 쓰는 일을 계속하고 싶어집니다. 다정한 이야기와 다감한 문장들을 오래 찾아 나서려 합니다. 있는 힘껏 이어가 보겠습니다.

성인이 되어 처음 읽은 동화책을 덮던 때 무언가를 잃어버린 듯한 기분이었습니다. 갑자기 하고 싶은 말이 많아진 것 같기도, 스스로가 실망스럽게 느껴지기도, 응어리가 생긴 듯 어딘가 불편하기도 했습니다. 중요한 걸 집에 두고 나온 듯했습니다. 그렇게 잃어버린 무언가를 찾기 위해 동화를 쓰기 시작했습니다.

그로부터 두 계절이 지났는데, 여전히 집을 나설 때면 어딘가 불편합니다. 잃어버린 게 무엇인지 아직 모르겠습니다. 아마 영영 찾지 못할 수도 있을 듯합니다.

그래도 괜찮습니다. 동화는 어른이 되면서 잃어버리는 것들을 다시 주워 담는 일이니까요. 시간을 더듬어 오래전에 흘린 것들을 찾아

나서는 이 여성에 함께하는 사람이 많아 감사한 마음입니다.

생애의 절반을 엄마로 살아주었던 정은영 여사에게, 우리를 지탱하는 든든한 기둥같은 아빠 김현수 대표에게, 배울 점이 많은 내 동생 세린에게. 당신들이 있었기에 제가 살아갈 수 있었다는 무한한 사랑의 마음을 전합니다.

그리고 동화 쓰기의 시작이 되어주신 이송현 선생님, 존재만으로도 삶의 귀감이 되어주시는 정은경 선생님, 가장 닮고 싶은 다정한 어른이신 이준희 선생님, 존경합니다. 부족한 이야기에 손 내밀어 주신 심사위원님께도 감사의 인사를 전합니다.

마지막으로 희원, 희정, 은정, 주연, 정민, 다정, 은하 그리고 재훈. 우리의 이름을 여기 남겨둘게. 그리고 재석아, 옆 동네 아파트 단지 놀이터에서 창작에 대해 떠들던 어린 밤을 오래 기억하자. 그게 우리의 시작이자 끝이 될 수 있도록.

"팬데믹 시대 교실 생활…
주인공의 건강함 사랑스럽다"

코로나가 일상을 바꾸어놓은 지 2년, 신춘문예 동화 투고작들에도 변화가 감지된다. 죽음에 대해 이야기하는 작품들이 유난히 눈에 띄었다. 아동문학에서 죽음을 다루는 일은 드물지 않지만 슬픔이나 애도보다 불안과 두려움을 자극하는 이야기가 많다는 점은 특기할 만하다. 장르로는 동물 판타지 수가 압도적이었는데, 주제의식이 불분명하거나 개연성이 없는 이야기가 아쉬웠다.

인물의 내적 갈등을 주체적으로 해결하기보다 꿈이나 계통 없는 비현실을 통해 손쉬운 해결을 도모해서는 곤란하다. 결국 동화의 성취는 작가가 어린이 독자를 어떻게 바라보는가에 달려 있다. 어린이를 천진난만한 존재로 이상화하지 않으면서도 한 인간으로서 존엄을 인정하고 어린이에게 사회적으로 타당한 목소리를 부여하는 것이야말로 동화작가의 사명이다. 문학적으로 가치 있고 사회적으로 의미 있는 메시지를 담는 동화가 필요한 이유이기도 하다.

심사위원은 총 213편의 응모작들을 읽고 그중 다섯 편을 본심에 올렸다. 본심에 오른 작품은 '자루를 든 아이에게', '그러니까, 내가 하고 싶은 말은', '정원이가 웃는다', '아름다운 벨라', '떨어져본 적도 없으면서!'였다. 최종적으로는 '아름다운 벨라'와 '떨어져본 적도 없으면서!'를 두고 당선작을 가렸다. '아름다운 벨라'는 장애를 가진 유기견이 겪는 고난 서사를 통해 인간중심주의를 고발하고 모든 생명의 소중함에 대해 생각하도록 이끈다. 유기견을 입양한 사람들이 개를 미워하는 과정이 현실적이며 문장 하나하나가 단정하다. 그러나 짧은 단편에 들어가는 장면이 지나치게 많아 서사의 몰입을 방해하는 점이 아쉬웠다.

'떨어져본 적도 없으면서!'는 소심한 주인공이 회장 선거에 나가 실패하는 과정을 이야기한다. 상대적으로 인물의 몰입도가 뛰어나 독자로 하여금 서사에 집중할 수 있게 하며 팬데믹 시대에 교실 생활을 보여주는 이야기라는 점도 반가웠다. 회장 선거 과정의 디테일한 부분까지 놓치지 않았으며 현실적인 결말에 그치지 않고, 한 표에 대한 소중함을 알고 있는 주인공의 건강함이 사랑스럽다. 이상의 논의 끝에 '떨어져본 적도 없으면서!'를 당선작으로 내놓는다.

새해에는 어린이들이 다른 어린이들과 직접 만나고 소통하며 그 안에서 더 많은 이야기들을 만날 수 있기를 기대한다. 삶이 풍요로워질 때 우리 동화도 더 빛날 수 있을 것이다. 당선자에게 축하를 보내며, 다른 응모자들 모두에게도 건투를 빈다.

심사위원 김민령(아동문학평론가) · 최나미(동화작가)

동
시

강원일보

유 인 자

1967년 강원도 춘천에서 태어났습니다.
한국방송통신대학교 교육학과를 졸업했고
도서관과 박물관에서 아동을 대상으로
교육봉사를 하고 있습니다.
2022 〈강원일보〉 신춘문예 동시부문 당선
godnfdk9075@naver.com

매미 날리기

유 인 자

꼼짝없이 공부를 했더니
귀에서 매미 소리가 난다.
맴맴맴맴맴맴, 맴맴맴맴맴맴,

농구대에 공을 넣으며
매미를 한 마리씩 꺼낸다.
맴,맴,맴,맴,맴,맴. 맴,맴,맴,맴,맴,맴.

귀에서 놀던 매미들이 다 날아간다.
귀가 뻥 뚫렸다.

달이 떴다

스케치북을 펴고

컵을 엎어봤다.
-작아
냄비뚜껑을 엎어봤다.
-커
냉면그릇을 엎어봤다.
-딱!

노란 색연필로 따라 그렸더니
조금 전에 봤던 그 달이 떴다.

달이
겨우겨우 내 방에 들어왔다.

낮달

뒤집개로 홀딱 넘겨볼까?
젓가락으로 살짝 들어볼까?

쉿,
달이 놀라 깨겠다!

이웃집 개

메리는 털북숭이다.
메리는 가지가 늘어진 뽕나무 밑 개집에 산다.
묶여 있어서인지 심드렁한 표정을 하고 있다.
참새 떼가 뽕나무에서 시끄럽게 조잘댄다.
귀가 멍멍해져서 짖을 만도 한데
메리는 듣는 둥 마는 둥 한다.
참새들은 메리가 일부러 남겨준 사료를
쪼아 먹으려 줄줄이 오르내린다.
메리는 그 모습이 좋아 가끔씩 꼬리를 흔들어 보인다.
잘 익은 오디가 떨어져
하얀 털이 보랏빛으로 듬성듬성 물들면
그 모습에 참새들이 더욱 쩍쩍거리는지도 모른다.
메리는 불만 없다.
메리는 이 맛에 산다.

바람 부는 날

드넓은 밀밭에
촘촘히 서 있는 밀들이
움직이기 시작한다.

고개를 까딱이며
허리를 돌리다가
온몸을 흔들어댄다.

바람이 부는 만큼만 흔들면 될 것을
이젠 바람을 가지고 논다.

밀밀밀, 밀들이 춤춘다.
밀밀밀, 밀들이 노래한다.
밀밀밀, 밀밭이 들썩인다.

바람이 밀밭에 갇혔다.

잘못 친 거미줄

거미야, 거미야

공부하다 조는 거니?
꿈속에서 노는 거니?

지나다니는 길에
빨랫줄 걸면

내 목에 걸린다.
니 똥꼬 아프다.

수상소감

유 인 자

온종일 흐린 날, 소양호수 한적한 벤치에 앉아 잔잔히 흐르는 강물을 내려다보다가 저기 흐릿해진 봉의산 능선을 그려보고 있을 때쯤 신춘문예에 당선되었다는 전화를 받았습니다. 정말 기쁘고 행복했습니다. 이 기분을 조금만 더 만끽하려 합니다.

저는 시골에서 나고 자라 자연변화의 아름다움을 늘 접했습니다. 동심(童心)을 잃지 않고 동시를 쓸 수 있었던 원동력은 이렇게 다양한 동식물들과 일상적으로 교감하고 또한 친구들과 정다운 추억을 많이 쌓은 덕분이 아닌가 싶습니다. 그 시절의 따뜻했던 기억이 가슴 한편에 불씨로 남아 있지요. 그래서일까요? 저는 어린이들에게 책을 읽어주고 이야기를 나누는 기쁨에 매력을 느낍니다. 제가 아동도서를 늘 끼고 사는 이유 또한 아이들의 해맑은 눈과 순수한 정서에 반해서였습니다. 앞으로도 생동하는 아이들의 마음과 함께하며 즐겁게 쉬어 갈 수 있는 다정한 동시를 쓸 수 있도록 정진하겠습니다.

항상 응원해 준 내 친구 하은이에게 고맙다는 말 전합니다. 나태해질 때 일어설 수 있게 희망의 버팀목이 되어주었습니다. 그리고 늘 묵묵히 어떤 일을 해도 지켜봐 주는 가족들에게 사랑한다는 말을 전합니다. 무엇보다도 부족한 시를 공감해주시고 뽑아주신 심사위원님들과 강원일보에 심심한 감사의 인사를 드립니다.

"단순 명쾌하며 절묘한
은유 · 단단한 구조"

코로나로 어려운 때임에도 응모작이 많았다. 아동문학에 대한 열정에 변함이 없어 기쁘다.

최종심에 오른 작품 중 끝까지 겨룬 작품은 이정희의 '손우물', 신영순의 '봄비', 이윤정의 '뿔', 유인자의 '매미 날리기'였다. '손우물'은 동심이 담겨 있는 귀엽고 깔끔한 작품이었으나 메시지가 약했고, '봄비'는 비슷한 이미지의 동시가 여럿 있어 낯익은 느낌이, '뿔'은 주제를 드러내 닫혀 있는 마무리가 아쉬웠다.

유인자의 '매미 날리기'는 청각적 이미지를 잘 살리고 있고 시의 구조가 단단해 당선작으로 올리는 데 이견이 없었다. '매미 날리기' 외 다른 작품도 빼어나 시인의 역량을 가늠케 했다. 경쟁과 속도의 시대, 공부라는 짐에 꼼짝없이 붙잡혀 있는 어린이들을 위로하는 시인의 시심을 높이 평가했다. 단순 명쾌하며 절묘한 은유도 감탄을 자

아내게 한다. 어린이 정서에 밀착한 공감각적인 동시로 많은 생각과
웃음을 준다. 동시 단의 새로운 길을 열어 가리라 믿는다. 당선을 축
하드린다.

심사위원 이창건 · 이화주(아동문학가)

경상일보

조은결

본명 조현미
1971년 충남 청양 출생
방송대 국어국문학과 졸업
2020년 목포문학상
2021년 천강문학상
2020년 삶의 향기 동서문학상(동화)
2022 〈경상일보〉 신춘문예 동시부문 당선
♪acaso07@hanmail.net

비행운

조 은 결

비행기가 지나간다

높푸른 하늘에 밑줄 좍 —— 그으며

멀리멀리 날아간다

고추 따던 식구들도 비행기를 따라간다

할머니는 제주도 고모 집으로

외숙모는 바다 건너 베트남으로

내 마음은 말레이시아에 계시는 부모님을 찾아간다

비행기는 매일매일 바다를 건너는데

높고 넓은 하늘길을 쉬지 않고 나는데

코로나19가 바닷길을 막았다

하늘길을 막았다

식구들 마음처럼 고추는 붉게 익고

외숙모 목은 한 뼘 더 길어졌다

혼자서만 가는 게 미안했는지

비행기도 …… 말 줄임표를 남긴다

잘 지내시나요

사랑해요

보고 싶어요

식구들 마음에 밑줄 쫙 ── 긋고 간다

달팽이 편지

할머니 손가락에 달팽이가 산다
아침 해가 뜨기 전 슬그머니 집을 나와
산 너머 밭을 향해 뿔뿔 뿔뿔 기어간다
손바닥만 한 비탈밭 갉작갉작 일구다가
아침이슬 한 모금에 타는 목을 적시고
햇살 쨍한 한낮에는 낮잠도 자다가
— 할머니 편지 왔어요,
우체부 아저씨 부르는 소리에
팽그르르 집을 말아 한달음에 달려간다
눈 밝은 까치 이장님 편지를 읽어주면
가늘고 긴 목을 빼 눈물 찔끔 흘리다가
배춧잎에 빼곡 답장을 쓴다
할미는 잘 있단다
집도 밭도 잘 있단다
눈멀고 귀 먼 할머니 온몸으로 써 내려간
삐뚤삐뚤 손글씨

달팽이 손글씨

한 줄 쓰고 눈물 찔끔

한 줄 읽고 콧물 찔끔

배춧잎이 다 젖었다

편지지가 다 젖었다

괜찮아요, 라는 말

베트남에서 시집오신
외숙모, 맨 처음 인사는

— 안녕하세요
— 사랑합니다
— 고맙습니다
였는데

외삼촌 제삿날에도
할머니께 꾸중을 들어도
베트남에 있는 조카가 보고 싶어도

괜찮아요, 괜찮아요
미소 짓던 외숙모

— 외숙모, 정말 괜찮아요?
묻는 나를 꼭 안아주시던

외숙모 가슴에서
베트남 고추 냄새가 났다

괜찮아요, 라는 말은
괜찮지 않다,는 말이었다

매운 고추처럼
눈물 나는 말이었다

메리에게

메리 크리스마스
메리 크리스마스

성탄절은 아직 먼데
거리를 쏘다니는

캐럴 소리 들을 때마다
떠오르는 이름 하나

성탄절은 즐거웠니
설날엔 행복했니

물어도 대답 없는
세상 모든 메리에게

메아리 크리스마스
언해피 뉴 — 이어

옹이

외눈박이 눈동자가
자꾸 나를 노려본다.

손은 씻고 밥 먹으렴
스마트폰은 이제 그만!

엄마는 식탁 위에도
CCTV를 달았다.

물 도둑

검은색 마스크 쓰고
새까만 보자기 쓰고

할머니 방 한쪽에
겨우내 숨어 산다.

식구들이 잠든 밤
살그머니 일어나

좔좔좔
졸졸졸졸

오줌도 누고 가는 간 큰 도둑

살금살금 다가가
보자기 확, 들추니
콩나물시루 속이 낮보다 더 환하다.

물 도둑이 아니었구나
햇살 도둑이었구나

할머니 관심 먹고 자라는
사랑 도둑이었구나.

조 은 결

빛의 이면, 그림자의 나날 잊지 않겠다

동심과 시심 사이에서 오래 서성거렸습니다. 더러 막막했고 자주 길을 잃곤 했습니다. 내 안의 작은 아이에게 무시로 말을 걸고 더 많은 시편을 찾아 읽었지만, 마음속 허기는 쉬 채워지지 않았습니다. 무량 길을 걸었고 나무와 풀과 꽃과 작은 새들의 이야기에 귀를 기울였습니다. 놀이터 기다란 나무의자에 앉아 비눗방울 같은 아이들 웃음소리를 받아 적었습니다. 건널목 앞에서, 승강기 안에서 처음 보는 아이에게, '어떤 동시가 좋아?' 무례한 질문을 건네기도 했습니다.

제 글은 모두 그들에게서 빌려온 것입니다. 그들이 제 글의 원적입니다.

북쪽 찬 하늘 덥힐 국을 푸고 계실까요. 읽고 쓰는 재미를 물려주신 엄마, 당신은 제게 가장 빛나는 별입니다. 아름드리 느티나무 같은 큰오빠와 손가락 같은 형제자매, 제 모든 동시의 맨 처음 독자인 햇살 같은 딸 소연, 무심한 척 응원해 준 남편, 고맙고 사랑합니다.

빛을 주신 경상일보와 손잡아 주신 선생님들, 고맙습니다. 빛의 이면인 그림자의 나날을 잊지 않겠습니다. 따뜻한 체온을 오래 기억하겠습니다. 더러 에돌지라도 느루 가는 글을 쓰겠습니다.

힘든 시대에 따뜻한 위로의 메시지

예심을 거쳐 본심에 넘어온 작품은 8명의 28편이었다. 이름도 없고 번호로만 표시된 원고를 한 편 한 편 새겨가며 읽는데, 문득 그동안 응모자들이 당선의 영예를 얻기 위하여 얼마나 많은 밤을 홀로 새웠을까 하는 생각이 스치고 지나갔다. 보이지는 않지만, 작품마다 응모자들의 열정과 갈망이 뜨겁게 느껴졌기 때문이다.

그러나 전반적으로 작품의 수준은 이에 미치지 못했다. 자기만의 목소리가 없거나 치열성이 부족했기 때문이다. 기성 시인들의 작품을 흉내 내는데 그치거나 뒷심 부족이 느껴지는 경우도 이에 해당한다고 하겠다.

'놓칠까 까치는'은 시를 웬만큼 써본 분의 작품이었으나 이 작품의 소재, 주제 역시 많이 다루어 온 것이다. 소재는 같더라도 자기만의 시선으로 이미지와 메시지를 찾아내야 할 것이다. '엄지척'도 눈길을 끄는 작품이었으나 중심이 되는 시상은 기성 시인의 것을 그대로 옮겨온 것이어서 가장 먼저 탈락시켰다.

최종적으로 151번의 '비행운'과 '괜찮아요,라는 말'이 남게 되었다. 이 중에서 '비행운'을 당선작으로 선정했다.

결혼 이민자인 외숙모는 코로나19로 인해 하늘길이 막혀 고향을 오고 갈 수 없게 되었다. 이런 외숙모를 동심의 눈으로 바라보고 위로의 메시지를 전하고자 하는 시적화자의 마음이 시대적 상황과 관련지어 많은 힘과 감동을 안겨주었다.

당선자에게 축하의 말을 전하며, 큰 동시 나무로 성장하기를 기대한다.

심사위원 전병호(동화작가)

매일신문

정 준 호

1983년 경남 진주 출생
순천대 문예창작학과 졸업
2022 〈매일신문〉 신춘문예 동시부문 당선
monchang02@naver.com

가루

정 준 호

할머니는 평생

밀가루 반죽을 빚으셨어

칼국수와 수제비를 잘 만드셨지

할머니는 고맙다고

절이라도 하듯

점점 구부정해지셨어

봄엔 꽃가루 알레르기가 있으셔서

기침을 하셨어

기침 소리에 놀라

작은 꽃잎들 떨어질까 봐

조용조용 입을 가리셨어

쪼끄만 땅 짐승 놀랄까 봐

발 소리를 줄이다가

점점 가벼워지셨어

작아지고

조용해지고

가벼워져서
할머니는 이제
희고 둥근 항아리 속으로
들어가셨어
무섭지만 나도
손을 넣어 만져보았어
흰 가루가 담긴
항아리 속에서
지금도 따뜻하셨어
박수를 치면서
가루 묻은 손을 털었어
하늘에서도 반기듯
밀가루 같은
할머니 가루 같은
눈이 내렸어
펑펑 내렸어

책꽂이

쓰레기장 구석에서
책꽂이가 오래 비를 맞고 있어
이 책꽂이엔 이제 책은 단 한 권도 없어
제일 낮은 칸엔 작은 고양이가
비 피하러 들어오고
높은 칸엔 비둘기들이
이 칸 저 칸 하나씩 자리 잡고
날개 웅크리고 앉아 비를 긋고 있어
살아 있는 책들이 처음으로 들어와 사는 건지
책꽂이는 이것들이 책이 맞나 궁금해하고 있어
니야옹거리는 검은 책과
구구거리는 뚱뚱한 회색의 책들
이제 나는 과묵한 책들만 입주하는
그런 곳이 아니야
나도 꽃이 된 거야

책꽂이 버리신 분은
대형폐기물 스티커를 붙여달라고
관리사무소 안내 방송이 나온
다다음 날, 드디어 이름표가 생겼어

수거 품목 : 책꽂이

얼음 침대

수산시장
물고기들이 누워 자는
얼음 침대

따뜻한 바다에서 온 물고기가
머물렀던 자리에선
태양이 빚은 줄무늬들이 그려져 있지요

물고기는 떠나면서
침대를 반짝이게 닦아놓아요
자기 비늘 옷을 벗어놓고 잊고 갈 때가 있지만요

추운 바다에서 온 물고기가
누운 자리에선
단단한 달의 등뼈도 돋아나요

침대는

물고기가 온 바다들을

물고기들의 모습을 환하게 기억하고 있지요

달팽이 교통 방송

다음은
달팽이 교통 정보 방송입니다

다중 추돌 사고가 난
급커브 구간입니다
간신히 거미줄은 걷었지만
우회로엔 많은 넝쿨이 뻗어 있어
복구를 기다리셔야 합니다

토란잎 교차로입니다
고인 어제의 빗방울들 탓에
정체된 모습이 보이고
햇살은 강하게 비추지 않지만
선크림 꼭 챙기시고요
다음은 풀잎 인터체인지입니다
불어난 개미들로 몹시 막힙니다

미끄러우니, 안전… 운
(광고 듣고 가겠습니다)
에 믿고 맡겨주십시오
사마귀 대리운전

잠시 방송에 차질이 있었던 점
심심한 사과를 드리면서
마지막으로
감나무집 7번 담쟁이 넝쿨 도로입니다

타고 오를 만한 벽들이 무너지고 있고
도로 사정은 좋지 않지만
힘을 내면 얼마든지 오를 수 있어요
아차, 주인 할아버지가 나와 계시니
눈에 띄지 않도록 조심하시고
안전 운전 하세요
오늘도 파이팅!

산책 천재

길을 물으면 길을 말씀드릴게요
그래도 모르시겠다면 데려다 드릴게요

세탁소는 언덕 오르다
두번째 골목 안에 있어요
그 골목 들어서면
검은 개가 한 마리 묶여 있어요

괜찮아요, 개가 좋아서 반갑다고
꼬리 흔들고 막 짖는 거거든요

골목 골목에 친구들이 많이 살아요
산책 갔다가 같이 놀고 돌아오지요
모르는 골목에서도 친구를 만들어야지, 다짐을 해요

무릎 약을 타셔야 한다고요?
약국은 언덕을 내려와 수영장 옆에 있어요

저도 어린이 수영반에 다녀요
배영은 아직 어렵더라고요

팔로 허우적거리기만 하는 게 아니고요
처음엔 어깨로 밀고 당기는 게 어색했어요
숨을 잘 쉬는 법을 터득해야 쉬워져요

수영은 무릎 건강에도 좋아요
할머니 같은 할머니들도 많이 배우세요

자, 다 왔어요 다음에도 만나면
모르는 길 물어봐주세요

새벽밥

밥을 먹다가
아직 나보다
힘이 약하고
작은 친구들을 생각해요

엄마는 아침보다
일찍 출근해요 아침보다
일찍 오는 버스를 타야해서요
일부러 일찍 일어나
새벽마다 엄마랑 같이
밥을 먹어요

혼자 먹으면 맛이 없어요
함께 먹어야 맛이 생겨요

밥힘으로 사는 거야
그래놓고 엄마도 가끔

밥을 안 먹고 뛰어가요
버스를 놓치면
밥이 생기지 않는대요
다음 버스 타면 늦는대요

어쩌다 버스에
앉을 자리가 생겨도
엄마는 꿋꿋이 서서 간다고 해요
할머니들 앉으셔야지
엄마는 두 다리에
힘이 짱짱하다고
새벽밥은 힘이 세다고

잠든 동생 곁에 누워서 생각해요
버스에 모두 앉아 가게
그래도,
의자들이 많아졌으면 좋겠다고

아직 달도 별들도 모두 빛나고 있어요
별도 달도 저렇게 포근한 의자들에 앉아
힘을 내 빛나고 있는데

하늘 버스의 저 많은 의자들
부러워요, 별들이 모두 앉아도
넉넉히 남아 있는 의자들

이제 곧 별들이 쉬러 가면
햇님도 푹신한 의자 골라
앉아서 빛을 낼 거예요
별들이 앉았다 간 자리는
따뜻할 테니까
햇님의 엉덩이도
금방 따뜻해질 거예요
오늘은 제발, 기도해요
엄마도 앉아서 갔기를

살짝 잠들었다 깼는데
아빠가 밤일을 마치고 돌아왔어요
새벽에 아빠 혼자 밥을 먹고 있으면
나도 얼른 눈 비비고 일어나
마주 보고 앉아요
함께 번쩍, 숟가락을 들어요

혼자 먹으면 외로워요
혼자 먹으면 밥이
꿀꺽, 넘어가지 않아요

아빠랑 마주앉아 땀을 흘리면서
씩씩하게 달게 부지런히
새벽밥을 먹어요
땀 냄새가 나는 이 밥

새벽밥은 참 힘이 세요

수상소감

정 준 호

이번에 저는 가루들을 어르고 달래어 감히 할머니를 빚어보려고 했습니다. 실패가 분명합니다. 그럼에도 같이 동시 쓰고 놀자고 불러주신 심사위원 선생님들과 좋은 소식 전해주신 기자님께 감사드립니다.

아직은 작고 조용하고 가벼운 손입니다. 무섭지만 이 초라한 손을 가루 속에 펑펑 넣어보겠습니다. 부드럽고 따뜻한 시의 가루들을 만지면서 오래 살겠습니다. 가루가 될 때까지 열심히 쓰겠습니다. 비록 부족한 재료들이지만 밀과 꽃, 눈과 뼈의 가루까지 고루 섞고 다져 반죽하겠습니다.

반죽들을 빚는 동안 저는 아마 더 작아지고 침침해지고 구부정해지겠지요. 눈물이 부족하다면 피를 부어드리겠습니다. 뼈는 태우고 곱게 빻아서, 항아리를 만들겠습니다.

혹시 항아리 속에서 흘흘흘, 흘흘, 하고 가루들이 웃는 소리 들어보셨나요? 서른 살엔 고작 습작노트들을 태우면서도 눈물을 불렀습니다. 노트가 타며 내뿜는 연기를 들이마시고 몸에도 바르고 재를 핥은 적도 있었는데, 그러면서도 잊지 않은 것이 있습니다.

그때 내 검은 얼굴과 혀를 씻어주던 희디흰 눈(雪)의 손길. 눈에 들어갔다 하면 눈물을 데리고 나오는 것이 꼭 가루와 시만 있는 것은 아닐 겁니다. 엄마와 애인, 동생, 고모들, 이모, 외삼촌, 외할머니, 선생님들과 친구들, 선후배들. 어쩐지 가루보다는 나무들을 더 닮아 있는 이 사람들. 하나도 빠뜨릴 수 없는, 나의 마루인 사람들.

덕분에 흩어지기도 뭉쳐지기도 잘했던 나의 미래는 든든합니다. 이름을 부르면 눈에 가루가 들어갈 것 같은 그 이름의 주인들에게 지금 저는 여기 살아있고 무언가를 새로 쓰고 있다고 안부 전하겠습니다. 봄이 오면 반드시 내 손을 내가 잡아끌고서라도 들판에 가서 꽃가루를 뒤집어쓰겠다고, 더 많은 나비들을 유혹해보겠다고. 네, 그래도 꽃과 잎들은 떨어질 테고 겨울은 다시 오겠지요. 그래도 안녕, 하면 좋은 일들을 만날 수 있습니다. 매해 첫눈이, 새로운 시가 온다는 예감을 믿게 되었습니다.

힘든 시대에 따뜻한 위로의 메시지

올해 동시 응모작은 941편이었다. 작년에 비해 조금 줄어들긴 했지만 여전히 많은 분이 동시 부문에 응모했다. 동시 창작가가 늘고 있는 점은 반가운 일이다.

그러나 응모작을 읽으며 동시를 너무 쉽게 생각하는 것은 아닌지 우려를 지울 수 없었다. 소재의 빈곤, 발상의 신선함, 사유의 깊이를 갖지 못한 작품이 다수였다. 신춘문예는 새로운 목소리의 탄생을 기대하는 열망이 있다. 자기 목소리를 담으려는 치열함이 엿보이지 않고 '동시'라는 고정된 틀 속에서 벗어나지 못하는 것 같아 안타까웠다. 기본적으로 동시도 시가 되어야 한다는 점을 잊지 말아야 한다.

예심을 통과한 작품은 '똑똑', '수학자의 탄생', '찾았다', '연못 배꼽이 작아질 때', '치치', '뒷면', '가루', '1+1', '갈매기', '마침표'까지 10편이었다. 최종적으로 '갈매기', '가루' 두 작품이 남았다.

'갈매기'는 발상과 시적 태도가 새로워서 좋게 읽었다. 다만 간결하고 힘 있는 전개에 비해 쉽게 결말에 닿은 점이 아쉬움으로 남았다.

조나단 리빙스턴의 '갈매기의 꿈'의 기시감을 완전히 벗어나지 못한 점도 지적되었다. 독창적인 시선으로 더 치열하게 시적 대상을 밀고 가는 노력을 기울인다면 좋은 시인으로 다시 만날 것 같다.

'가루'는 동시에서 잘 다루지 않는 죽음을 소재로 하고 있으나 무겁게 그리지 않은 점이 좋았다. 오히려 "할머니는 고맙다고/ 절이라도 하듯/ 점점 구부정해지셨어"라든가. "작아지고/ 조용해지고/ 가벼워져서"로 이어지는 할머니의 죽음을 암시하는 장면을 '눈송이'로 연결한 점이 인상 깊었다. 점층적으로 확장되어 가는 시상의 전개와 짜임새 있는 구성도 돋보였다.

한편으로, 시적 형상화 능력은 뛰어나지만 아이 화자의 작품에 어른 시각이 노출되어 동시의 주 독자인 어린이가 수용하기 어렵지 않겠냐는 지적이 있었다. 그런데도 당선작으로 결정한 것은 함께 보내온 작품들이 고른 수준을 유지하고 있어 당선자의 시적 역량을 믿기로 하였다.

당선자에게 축하를 보내며 비록 당선작에 들지 못했지만 소중한 작품을 응모해준 분들께도 응원의 마음을 보낸다. 포기하지 않으면 길은 열린다.

심사위원 박승우(동시인), 임수현(시인)

한국일보

전율리숲

1980년 생
서울에서 자라고 살아옴
대학에서 철학을 공부함
다양한 음악들에 관한 글을 쓰며 지내옴
2022 〈한국일보〉 신춘문예 동시부문 당선
youlleesoup@gmail.com

가루약 눈사람

전율리숲

감기는 다 나았니

나는 녹지 않았어

발자국도 나지 않았어

아직 다정한 어른은 되지 못했지만

가끔은 아빠처럼 우체국 커다란 창문 앞에서 잠자고

엄마처럼 기념품 가게에서 일해

너의 청록색 엄지장갑을 심장 자리에
넣어두는 걸 깜빡했는데도, 오늘은 춥지 않더라

무려 스무 날 전 네가 내 볼에 붙여주었던

귤껍질에서는 보물상자 냄새가 나

가끔 크게 웃고 있어

네가 생각나면

인사

물거울에 내가 비쳤다

누가 나를 낳았을까
저편에서—

물거울 속의 아이가
길을 잃은 또래를 보듯

망설이며
도와줄까

내게로 살짝 몸을 기울였다
얼룩덜룩한 강아지 한 마리와 함께

잘 울지도 않을 것 같다 저 애
누구를 미워한 적도 없는—

그런 애처럼 보였다

살짝 웃어 보이며
손을 흔들어

안녕,
돌아선 다음에야
조그맣게 말했다

화채

나는
온통
빨갛다
달콤하게 헤엄친다
간지러운 물방울 틈에서도
떠들어댈 수 있고
맘껏 춤을 출 수 있다

웃음이 많은 나의 사람들을 위해

유리병

할머니가 오신다고 한다

하늘나라에서.
일 년에 한번.

물고기가 바다의 빛깔을 불러내면

물결의 구름을
새가 볼 수 있는 것처럼

할머니는 지난날들을 거느리고서

우리에게 사랑을 느끼신다 한다

올해도 우리는 할머니가 모르던
낯선 곳의 꽃을 여러 송이 꼽아둘 것이다

가을 소풍

강아지야
단풍이 낙엽이 되었어

바람이 도와주었단다

우리 얼굴에서 수많은
잠을 불러일으키듯

집에서 멀어진다 나뭇잎들

세상에 색깔이
흐르게 하는 중이라고

믿으렴
믿으렴
함께 기다려주자

나무의 등을 쓸어주자

악어

우리가 당신의 검은 배 안에 들어갈게요 누군가 듣도록 살짝 문은 열어둘게요

당신의 녹슬어가는 여든여덟 개의 눈물주머니는 다시 뽀얗게 부드러워질 거예요

숨을 깊게 들이 마셔보세요 당신은 우리들의 놀이터 우리는 당신의 하나뿐인 음악 선생님―

수상소감

전 윤 리 숲

2021년 여름, 문득 폰 메모장에 두드려 보았습니다. 조금 어린 사람, 타협하지 않는 어린 마음, 사랑의 생활 습관.

'내가 할 수 있는 일은 아니겠지' 싶던 몇 가지 일을 시작해보게 된건 힘든 시간들 때문이었는데요. 도리어 새로움이 된 것 같았습니다. 이따금 자유롭게 동시를 써보자. 다시 만나고픈 마음을 향해 제멋대로 쓴 몇 개의 글들이 파일 속에 쌓여갔습니다.

포켓사이즈의 [피터래빗 이야기]를 한동안 가방에 넣어가지고 다닌 적이 있는데요. 잠깐 쉬어야 할 때 콩알만큼 읽고 덮는 일을 반복했는데, 어느새 표지가 닳아버렸어요. 어여쁘고 단단한 이야기도 이야기지만 아름다운 그림도 그림이지만, 맨 뒤에 작품 해설에 실린 작가의 말이 어른인 제게는 너무도 중요했어요. "(…) 지식과 상식으로 균형을 잡고 더 이상 밤의 날아오름을 두려워하지 않지만, 아직도 우리는 삶의 이야기를 아주 조금밖에 이해하지 못한다."

그 구절을 마음에 단추처럼 달아 언제나 모든 일에서 틀리지 않기만을 바라는 저를 일깨워 줄 부드러운 지침으로 삼고 싶었습니다. 생각대로 되지 않는 일투성이지만 저의 어린 마음과 아주 멀리서나마 나란해질 수 있도록 숨을 고르고 시를 쓸 수 있다면 삶은 좀 더 길고 의미 있는 길로 여겨질 것 같았습니다.

제 글이 채택된 건 모처럼의 운 덕분이겠지만, 다가가고 통과한 시간의 여운을 좀 더 많은 분들과 누릴 수 있게 되어 무척 기쁩니다. 기회라는 건 늘 시간의 색깔에 대해서만 작용하는 것이고 그 안의 관계를 가꾸는 일은 당사자에게 달려있을 거라는 언젠가의 생각을 실천에 옮겨 노력해보겠습니다.

무엇보다도 친구들에게 감사합니다. 소중한 해율선생 두둥 지난 일 년 고생도 많았던 기타 치는 영석 수줍게 용감한 창숙님 긴 여행 중인 js님 꿈속 이야기 율리숲을 쉼표로 끊어내지 않고 단번에 떠올립니다. 친구들이야말로 제 뺨에 제 눈길에 빛과 어둠을 더해주었고 멋진 책들과의 만남에 응원을 보태주었습니다.

그리고 여덟 살 때부터 저의 가장 비밀스러운 친구였던 음악에게도 감사합니다. 이야기를 입은 단어를 활자로 소리내어, 그림처럼 펼치고 싶도록 사랑하는 음악들이 도와주었습니다.

제 글에 흔적으로 남은 소중한 기억을 함께 해주신 분들께도 인사를 건네는 기회로 삼고 싶습니다. 근 몇 년간 여러가지 이유로 홀로 있는 시간이 많았음에도 중간중간에는 혼자서는 불가능한 생각의 장소를 마련해주는 분들이 계셨고 덕분에 저는 새로운 것과 익숙한 것에 대한 용기를 동시에 얻을 수 있었습니다.

예상치 못한 이 감사한 경험 속에서 저는 이제 무거움보다는 온전함으로, 작은 삶의 시를 써나갈 수 있기를 바래봅니다.

눈사람의 절망과 희망이
투명하게 빛났다

눈이 내리자 SNS에 눈사람 사진들이 올라왔다. 큰 동그라미에 작은 동그라미를 얹은, 전통적인 눈사람뿐 아니라 이글루, 눈 토끼, 애니메이션 '겨울왕국'의 엘사와 올라프 등 일상의 예술 작품이 속속 게시됐다. 아이스크림 스쿠프처럼 생긴 장난감으로 만든 '눈오리'의 행렬도 따듯하고 사랑스러웠다. 코끝이 얼어가며 만들었을 눈사람들로 세계는 잠시 '동화'의 나라가 됐다. '동화같다'고 흔히 표현되는 낭만성이 아동문학의 전부는 아니고 종종 아동문학을 왜곡하지만 아동문학의 한 조각인 건 분명 사실이다. 아동문학은, 동시는, 눈사람의 세계를 노래한다. 내가 굴려 쌓은 눈 뭉치가 눈 '사람'이 되어 나를 돌봐주고 지켜주는 세계, 양 볼에 귤껍질을 붙여준 다정하고 가난한 마음이 오래도록 서로에게 보물로 남는 세계.

그러나 우리가 살아가는 세계는 역시 눈사람의 세계와는 달라서, SNS에는 누군가 일부러 발로 차고 손으로 뭉개 죽어버린 눈사람의 사진들이 곧이어 올라왔다. 그렇다면 동시는 이 세계를 어떻게 노래

할 수 있을까. 동시는 생각할 게 많은 장르다. 단숨에 휘 읽을 수 있고 많이 애쓰지 않고도 쓸 수 있어 보이지만 장르 자체에 대해 늘 고민하게 된다고, 동시를 쓰는 시인들은 입을 모아 말한다. 눈사람이 태어나는 세계와 눈사람이 죽는 세계, 어느 쪽도 외면해서는 안 된다는 게 여러 생각거리 중 하나의 결론이기도 하다. 마치 "발자국도 나지 않았어"라는 짧은 문장에 눈사람이 죽는 세계를 알아채고 외면하지 않는 시선을 담아놓듯이. "다정한 어른은 되지 못했지만"이라는 시행이 '당신은 과연 다정한 어른인가요?'라고 어른 독자에게 넌지시, 종이에 베인 손끝에서 날카롭게 아려오는 통증처럼 묻고 있듯이.

올해도 높이 쌓인 응모작들을 읽으며 역시 가장 중요하게 발견되는 건 동시라는 장르에 대한 생각과, 어린이가 살아가는 두 세계를 오롯이 살피는 시선이었다. 많은 작품이 동시의 익숙한 외양을 갖추고 있어 반가운 한편 그 생각과 시선이 뚜렷이 보이지 않을 때 또 한번 한없이 내려앉기도 했다. 그중 '가루약 눈사람'에서는 엄지장갑 없이도 더 이상 춥지 않아 하고, 크게 웃으며 끝내 '약'이 되는 눈사람의 절망과 희망이 투명하게 빛났다. 툭툭 터뜨리며 자유로이 오가는 문장 사이 스며든, 바싹 마른 귤껍질의 잔향 또한 전에 없이 새로웠다. 가뿐하고 기꺼운 마음으로 소개하는 만큼 좋은 동시를 오래 써 주시길 부탁드린다.

심사위원 김유진(어린이문학평론가), 김개미(시인)

2022 신춘문예 당선 동시동화집

초판발행 2022년 1월 26일
지 은 이 이지요 외 20人
발 행 인 노용제
기   획 정은출판 기획부
발 행 처 정은출판
등록번호 신고 제301-2011-008호.(2004. 10. 27)
주   소 04558 서울시 중구 창경궁로1길 29. 3F
전   화 02)-2272-8807, 02)-2272-9280
팩   스 02)-2277-1350
홈페이지 www.je-books.com
전자우편 rossjw@hanmail.net
I S B N 978-89-5824-447-9 (03810)